KB124791

라스팔마스는 없다

라스팔마스는

없다

오성은
장편소설

은행나무

차례

섬, 사라지다

짙은 해무가 고요하게 섬을 감싸 안았다. 섬 그림자가 흐려지고 있었다. 희뿌연 입자가 등대의 빛줄기를 가로막아 육안으로는 방향을 구별하기 어려웠다. 이런 날에는 육지 어디에서도 섬이 보이지 않았다. 그러나 섬이 사라졌다고 생각하는 사람은 없었다. 일시적인 현상일 뿐이었다. 심 선장은 무성호의 속도를 늦춰나가며 흰 안개가 드리운 저편을 응시하고 있었다. 섬이 아닌 다른 무언가가 있는 것만 같았다. 어쩐지 그건 거대한 배 같기도 했다. 실루엣이 낯설지 않았다. 심 선장은 배의 밑바닥을 적시는 얕은 파도가 발목을 붙잡았다 놓아주는 듯한 느낌에 빠져들었다. 이대로 흘러가버릴지도 모를 일이었다. 어디론가, 파도가 이끄는 대로. 그건 나쁜 일만은 아닐지도 모른다. 누군가 경적을 짧게 울렸고, 메아리가 되어 퍼져 나갔다. 해무가 걷히고 있었다.

규보는 심 선장이 던진 밧줄을 받아 항구의 계선주에 고리를 만들어 걸었다. 뱃머리가 붙들린 무성호는 파도의 결에 맞추어 얌전히 부두에 몸을 붙였다. 항구에는 잔업을 마친 낡은 배들이 조명을 밝힌 채 각자의 자리를 찾아가고 있었다. 규보가 선미의 밧줄을 고정하는 동안 항구의 가로등이 켜졌고, 동시에 덜덜거리던 무성호의 엔진이 꺼졌다. 배에 올라탄 규보는 조타실로 다가갔다.

"순식간에 부예지더니 아무것도 안 보이더라고요."

규보가 심 선장을 향해서 말했다. 심 선장은 군청색 작업복을 벗은 뒤에 조타실 벽면에 걸어둔 품이 넓은 갈색 코듀로이 재킷으로 갈아입었다.

"이러고 나면 꼭 태풍이 올라왔잖아요. 이번에도

크기가 꽤 된다던데."

심 선장과 함께 있으면 누구라도 혼잣말과도 같은 중얼거림이 늘 수밖에 없었다.

조타실 뒤편에는 널찍한 나무 평상이 무릎 높이의 단을 두고 설치되어 있었다. 평소 심 선장이 침상 용도로 쓰는 평상이었다. 항구로 들어오는 배들은 시간을 정확히 지키는 경우가 거의 없었다. 파도가 가로막거나 비바람이 속도를 늦추기 부지기수였다. 세관의 허가 절차도 염두에 두어야 했다. 그럴 때마다 심 선장은 평상에 누워 허리를 펴곤 했다.

서산 너머로 뉘엿뉘엿 해가 저물자 항구에는 어스름이 깔렸다. 저물녘의 물빛이 부드럽게 일렁이고 있었다.

심 선장은 칠이 벗겨진 둥근 상을 펼쳐 평상 가운데에 놓았다. 조타실 천장의 주황색 백열등이 켜지자 무성호는 금세 바닷가 근처의 선술집으로 변했다. 규보는 편의점 상호가 찍힌 비닐봉지에서 도시락, 편육, 어묵탕, 삶은 달걀, 볶음 김치를 주섬주섬 꺼냈다. 규보는 종종 심 선장과 함께 밥을 먹었다. 편의점 음식이 입에 잘 맞는다는 심 선장의 말이 거짓이라는 걸 알면서도 규보는 새로 출시된 신상 도시락을 잡숴 보라며 나무젓가락을 갈라 건넸다. 굳어 있던 심 선장의 입가 주름이 느른하게 펼쳐졌다. 규보는 바로 그 얼굴이 보고 싶었다.

둘은 말없이 도시락을 먹었다. 익숙한 침묵이 흘렀다. 심 선장은 평상 하단 수납장의 나무 쪽문을 열어 손에 잡히는 술병을 꺼냈다. 소매로 병에 내려앉은 먼지를 쓱쓱 닦아낸 뒤에는 마개를 열었다. 진한 오크 향이 순식간에 피어올랐다. 심 선장은 조타실 한쪽에 엎어둔 스테인리스 잔 두 개를 가져와 상 위에 올렸다. 그러고는 두 잔 가득 술을 따랐다.

규보는 손사래를 쳤다. 이번만큼은 막아서야 한다고 결심한 터였다.

"야간 근무 가야 해서 술은 다음에 제대로 같이해요."

그러나 심 선장은 이미 잔을 코끝까지 들어올려 향을 음미하고 있었다.

"그런 식이면 앞으론 안 올 거예요."

규보의 말은 심 선장에게 적잖은 충격을 준 듯 보였다. 심 선장의 두 눈이 저 너머를 보듯 흐릿해졌다.

"제 말은⋯⋯."

심 선장의 두꺼운 입술이 규보의 말을 막아섰다.

"라울의 술이다. 늑대라는 뜻이랬지. 그 배의 사내들 중 진짜 사내였다. 라울을 기리며."

심 선장은 윗입술부터 천천히 적신 후 잔을 기울였다. 얼굴이 미묘하게 뒤틀리더니 이내 화색이 돌았다. 심 선장은 남김없이 다 마시고 잠시 눈을 감았다. 규보는 그런 심 선장을 가만히 바라보고 있었다.

언제부터였을까. 규보는 심 선장의 머릿속에서 일종의 전초전이 벌어지고 있다는 것을 느끼고 있었다. 올해 들어 심 선장이 목욕탕 로커에 두고 온 휴대전화를 대신 찾으러 간 일이 더러 있었다. 누구에게나 벌어질 수 있는 대수롭지 않은 일이었다. 그러나 굴침스럽게 변명하는 심 선장의 반듯한 미간을 보자 규보는 무언가 잘못되었다는 걸 직감했다. 규보가 애원하다시피 해서 예약한 종합검진에 인지기능검사와 뇌 영상 촬영을 슬쩍 넣어둔 까닭도 그래서였다. 검진 결과를 확인하는 날, 규보는 보호자 자격으로 심 선장과 동행했다. 내시경 결과를 차례대로 설명하던 늙은 의사는 마지막에 이르러서야 자세를 고쳐 앉았다. 그는 심 선장이 알츠하이머 초기라고 말했다. 지금은 가벼운 건망증처럼 보이지만 서서히 정도가 심해져 기억력 장애로 발전되고 심적인 면에서도 전과 다른 양상을 보일 수 있다는 소견이었다. 그렇지만, 하고 의사가 힘주어 말하는 차에 가만 듣고 있던 심 선장은 화장실에 가야겠다고 진료실 밖을 나선 뒤에 돌아오지 않았다. 의사는 규보에게 모두가 중증으로 나아가는 건 아니니, 몸 쓰는 일을 차츰 줄이거나 그만두는 방향으로 유도해야 한다고 조언했다. 규보는 설명을 들었다는 확인 서류에 사인을 해야 했다. 서류에는 심 선장과 규보가 환자와 보호자로 구분되어 있었다. 그러자 문득 무언가 크게 잘못되었다는 걸 깨달았다. 살면서 이보다 잘못된 일은 한 번도 없었던 것만 같았다.

"편의점 일이 드럼통 옮기는 것보단 낫더냐?"

심 선장이 규보의 상념을 깨뜨렸다. 심 선장은 항

구의 일원이라면 국밥 한 그릇 나누는 데에 망설이지 않는 어른이었다. 거칠고 투박했지만, 그 자체로 인간적인 매력이 있었다. 오랜 외항선 선원 생활 때문인지 바다 위에서만큼은 조금의 두려운 기색도 없었다. 과묵한 성격 역시 심 선장을 돋보이게 했고 다른 배의 선원들을 안심시켰다. 그러나 급격히 변해가는 심 선장의 말투가 규보를 예민하게 만들었다.

"신경쓸 일이 한두 개가 아니에요. 밤낮도 없고요."

심 선장은 쓴웃음을 삼켰다.

"어머니 기일에는 하루 쉬셔요, 아버지."

규보는 그렇게 말해놓고 잠시 후회했다. 심 선장은 그 말을 못 들은 척, 아니 정말로 듣지 못한 사람처럼 흘려버리더니 잔에 술을 가득 따랐다.

"그때가 새벽 3시쯤이었나. 북항 황 사장이 부탁한 긴급 탁송 건으로 감천항 앞바다에 대기 중인 2,000톤급 론다호에 기름 스무 드럼을 추가로 적재하고 돌아오던 참이었다."

매달 보름쯤이면 기름 주문이 특히 많아져 무성호는 새벽에도 곧잘 일을 나가야 했다. 날씨에 따른 선박 입출항과 세관의 허가 시간에 맞추려면 어쩔 수 없었다. 새벽일을 무사히 마쳤으니 아침 주문까지는 목욕탕에서 몸을 녹일 작정이었다. 눈 감고도 오갈 수 있는 묘박지(錨泊地)였다. 더구나 보름달이 밝아 주변이 환했다. 항구로 돌아오던 심 선장은 녹섬 해안에서 원통형의 물체를 발견했다. 녹섬은 감천항 앞에 있는 무인도였고 안전을 위해 설치한 등대만이 우두커니 바다를 훑어나가고 있었다. 등댓불이 비칠 때마다 물체의 윤곽이 선명하게 드러났다. 심 선장은 배를 섬 가까이 붙였다. 드럼통 하나가 섬으로 밀려온 모양이었다. 처음 보는 색깔의 드럼통이었다. 적어도 이 항구에서 흔하게 볼 수 있는 물건은 아니었다. 그게 심 선장의 눈길을 끌었다.

"뭔가 위험한 게 들었을지도 모른다는 생각이 들더구나."

심 선장은 가뿐하게 한 잔 더 들이켰다.

"환이라든가."

선체에 묶여 있는 완충 타이어가 항구 벽면에 부딪히며 기이한 소리를 냈다. 규보는 바닥이 조금씩 흔들리는 것을 느끼며 심 선장의 속도에 맞추어 술을 마셨다. 파도가 조금씩 가까워지는 소리가 들렸다. 규보는 뉴스 예보에서 본 태풍의 이동 경로를 떠올리면서도 눈으로는 심 선장의 술잔을 살폈다.

"그물을 던져서 드럼통을 끌어올렸지. 거기에 뭐가 들어 있었는지 아니?"

심 선장은 안주머니를 뒤지더니 하모니카를 꺼내어 얼른 입술 위로 갖다 붙였다. 잔잔한 고동 소리가 심 선장의 작은 악기에서 흘러나왔다.

"어서 마지막 잔 드시고 집으로 가시죠."

규보는 심 선장이 허풍스러운 이야기를 할 때마다 마음이 물밑으로 가라앉는 것만 같았다. 아직 어떤 준비도 되어 있지 않았기에 아무렇지 않은 척 남은 술을 마시며 복잡한 마음을 숨길 수밖에 없었다. 규보와 심 선장은 어색한 침묵을 견디려 창 너머 저편을 바라보았다. 밤하늘이 캄캄하게 펼쳐져 있었다. 그러다 규보는 창에 비친 심 선장의 비밀스러운 얼굴을 엿보고야 말았다. 표정 없는 어느 늙은 선장의 작은 고독을.

심만호가 전보를 받은 건 저인망 트롤선의 3등 기관사로 근무하던 스페인의 비고 항구에서였다. 전보 발신지는 부산전신전화국, 내용은 한 줄이었다. '경축 전보 5월 16일 오후 3시 42분 아들 출생.' 그에게 특별 휴가가 내려졌다. 깨끗한 옷을 사 입고 짧게 이발을 하고 멀끔한 모습을 사진으로 담아오라는 명목에서였다. 그러나 다음날 정오가 지나 돌아온 그는 옷을 새로 사 입지도 이발을 하지도 않았다. 외출할 때와 똑같은 모습으로 돌아왔다. 그렇다고 해서 아무도 그를 나무라거나 흉보지 못했다. 먼바다에 나와 있는 선원들에게는 저마다의 사정이 있다는 걸 모두 알고 있었다. 그날 그가 무얼 했는지 누구도 묻지 않았다. 그는 휴게실 책장에 꽂혀 있는 옥편을 가져와 침대맡에서 손전지를 비추며 한 글자 한 글자 훑었다. 기름때가 낀 손톱이 글자마다 비뚤게 그려진 동그라미 위를 섬세하게 더듬어나갔다. 얼마나 시간이 흘렀을까. 손전지가 껌벅거리더니 꺼져버렸다. 그는 어둠에 익숙해질 때까지 떠오르는 글자를 하나씩 입속에서 굴려보았다. 그러는 동안 어두컴컴한 선실 구석에 어슴푸레한 빛의 잔상이 나타나 그의 눈을 밝혀주었다. 그러자 아직 만나지 못한 아들의 얼굴이 희미하게 보이는 것만 같았다. 그 순간 그는 거기에 없었다.

깡깡이 마을 초입에 '민들레'라는 식당이 있었다. 그 집 주인 부부는 오래전부터 그를 알고 있었다. 한동안 보이지 않더니, 선원이 되었다는 소식이 들려왔다. 배에서 고생을 꽤 했는지 말수가 줄고 여간해선 웃지도 않았다. 그는 매일 같은 자리에서 밥을 먹은 뒤에 돌아갔다. 사실 그는 민들레의 둘째 딸 경희를 속으로 품고 있었다. 민들레의 주인 부부도 미운 구석 없는 그가 마음에 들었다. 수더분한 인상도 그러했지만 무엇보다 사내다운 듬직한 면이 있었다. 안타까운 게 있다면 육지에 적응할 수 있도록 도와주지 못했다는 점이었다. 섬에서 자란 대부분의 사내들이 그러하듯 그도 새로 출항할 배를 찾고 있었다. 배를 타면 한 시절은 훌쩍 지나버린다는 걸 잘 알면서도 그는 자신의 마음을 어쩌지 못했다.

신혼의 단꿈도 잠시 경희 씨가 입덧을 심하게 할 무렵부터 긴 항해가 예정되어 있었다. 단칸방에 홀로 두고 온 경희 씨를 떠올리면 마음이 편할 리가 없었다. 말단 선원부터 시작해 어렵사리 얻은 기관사 자리였다. 나약해져 돌아가는 건 떠난 결정보다 더 미련한 선택이 될 것이었다.

그는 아들의 이름을 규보(跬步)라 지어 보냈다. 반걸음 정도의 거리라는 뜻처럼 지척에 두고 싶은 까닭도 있었지만, 그 이름을 부르다 보면 알 수 없이 가슴이 요동치며 힘이 솟구쳤다. 그는 아이의 머리가 새카매지는 동안 쉴 새 없이 그물과 밧줄을 당겼고, 손끝에 밴 기름때가 지워지지 않을 만큼 기계를 정비했다. 6개월이 지나는 동안 편지로 써 보낸 내용이 고작 아들의 이름뿐이라는 걸 알아차린 건 어느 주말의 한적한 오후였다. 그는 사물함에 들어 있던 하모니카 상자를 주머니에 넣고 갑판 위로 올라갔다. 은색 커버플레이트 위에는 'KH'라고 적혀 있었다. 그가 직접 송곳으로 새긴 경희 씨의 이니셜이었다. 그는 리드를 입에 물고 조심스레 첫 숨을 내쉬었다. 어떤 노래를 연주하고 싶었던 걸까. 숨소리일지, 멜로디일지, 흐느낌일지 알 수 없는 구슬픈 소리는 정처 없이 허공을 맴돌다 파도에 녹아들었다.

그가 고향으로 돌아온 건 그날로부터 1년이 더 지나서였다. 태풍의 영향으로 예정 기간보다 항해가 길어졌다. 선사 측에서 추가 임금을 결정하기 전까지 선원들 사이에서는 항의가 끊이지 않았다. 기본 급료를 제외한 추가 임금은 배에서 내린 직후 선주가 직접 현금으로 지급하기로 했다.

그는 워커와 안전모를 넣은 배낭의 밑바닥에 현금 봉투를 꾹꾹 밀어넣었다. 볼품없던 배낭이 묵직하게 느껴졌다. 고국 땅을 밟은 선원들은 어딘지 모르게 의기양양했지만, 선후배 할 것 없이 서로 어색하긴 마찬가지였다. 기관실 식구들이 쌈짓돈을 모아 그에게 건넸다. 아버지가 된 막내를 위한 그들만의 소박한 인사였다.

집으로 돌아가기 전, 그가 찾아간 곳은 양복점이었

다. 그곳은 그가 결혼식 때 예복을 빌린 곳이기도 했다. 그는 새 옷을 맞춰 입기로 했다. 기름에 찌든 작업복이 아닌, 주름 없는 반듯한 정장을 입은 사람이 네 아버지라는 걸 보여주고 싶어서였다. 오랜만에 만난 늙은 재단사는 말이 없었다. 몸에 얼추 맞는 가봉 상태의 옷을 입혀놓고 줄자를 늘렸다가 줄여댔다. 어깨에 끼운 시침핀을 이리저리 매만지기도 했다. 눈으로 다 기록했다는 듯이 두어 번 고개를 끄덕이던 재단사는 두 시간이면 족하다고 말했다. 그는 짐을 맡겨둔 채 바깥으로 나왔다. 곧장 가까운 이발소에 들러 머리를 짧게 자르기로 했다. 그가 푹신한 이발 의자에 앉아 잠깐 조는 사이 재단사는 어딘가로 달아나버렸다. 가게 문은 열려 있었지만, 실내등은 꺼져 있었다. 그곳에는 아무도 없었다. 바닥에 널브러진 줄자, 가위, 옷걸이 따위가 이미 벌어진 일을 설명해주고 있었다. 재단사는 그의 가방까지 가져가버렸다. 근처 상점의 누구도 재단사의 행방이나 사정을 알지 못했다. 왜 도망을 갔는지 어디로 간 것인지, 어떤 정보도 얻을 수가 없었다. 그가 경찰을 불렀지만 막무가내로 조사를 받기에 이르렀다. 선사 측의 확인을 마친 뒤에야 풀려난 그는 양복점으로 돌아왔다. 재단사를 찾아온 이들이 양복점을 헤집어놓은 뒤였다. 양복점에 남은 것은 누군가 주문해두고 찾아가지 않은 갈색 코듀로이 재킷과 기름때가 찌든 그의 작업복뿐이었다. 그는 작업복 대신 품이 한참이나 큰 갈색 재킷을 입었다. 그토록 무거운 옷을 입어본 적이 전에는 없었다.

그는 집으로 돌아와 아이를 처음 안았다. 아이는 그의 품에 안겨 힘껏 울었다. 그는 느릿느릿 아이의 이름을 불러보았다. 그 밤, 아이는 울음을 그치지 않았다.

한 달이 채 지나지 않아 선사의 합병 문제로 출항이 앞당겨졌다. 선사 측은 그에게 2등 기관사 자리를 제안했다. 그런 기회는 쉽게 오지 않는다는 걸 그도 알고 있었다. 그는 홍경희 씨와 심규보를 두고 다시 바다로 나가야 했다. 그가 이 바다에서 다른 바다로 생을 가로지르는 동안 규보는 슬픔도 두려움도 없이 제 속도로 커나갔다. 규보가 자라나는 만큼 주변의 것들은 희미해지거나 작아지고 있었다. 생명의 빛은 언제나 한 방향으로만 맹목적이었다.

규보가 고등학교에 들어간 열일곱 살 때였다. 식당에서 일손을 돕던 홍경희 씨가 지병으로 세상을 달리했다. 기관장이 된 그는 대양의 저편에서 파도와 사투를 벌이는 중이었다. 규보가 상주 완장을 차고 향합을 지키는 사흘 동안 그는 나타나지 않았다. 그러기엔 그는 너무 먼 곳에 있었다. 선사 측의 배려로 비행기를 타게 된 건 이튿날 오전이었다. 그때까지도 그는 두 눈으로 보지 않고선 아무도, 아무것도, 아무런 말도 믿을 수가 없었다. 묵묵히 참아오던 그가 울음을 터트린 건 비행기 바퀴가 활주로에 닿는 순간이었다. 묵직하게 닿는 지상과의 마찰은 그에게 깃든 무수한 상념을 단숨에 밑바닥으로 끌어내렸다. 그는 목놓아 울었다. 옆자리의 승객이 그를 안쓰럽게 쳐다보았고, 앞뒤로 웅성거리기 시작했다. 그 바람에 승무원이 그를 안정시키러 다가왔다. 그는 죽었다고, 죽었다고 말했다. 승무원은 완성하지 못한 그의 문장을 알아차렸다. 그는 승무원을 뒤따라 비행기의 좁은 통로를 휘청거리며 걸어나갔다. 그는 물이 아닌 곳에서 생전 처음으로 멀미를 느꼈다.

경희 씨는 그의 부재가 느껴지지 않을 만큼의 인내와 희생으로 규보를 키워냈다. 그래서였다. 그 자리를 대신할 유일한 사람은 자신밖에 없다는 걸 그는 깨달았다. 오랜 외항선 생활을 정리하고, 내항선 선장 면허를 취득한 까닭도 그 때문이었다. 그는 가진 모든 돈과 경희 씨가 남긴 보험금을 보태어 작은 유류선을 한 척 사들였다. 숱한 세월을 넘실거리면서도 바다는 말이 없었다. 그는 배에 '무성호'라 이름 붙였다.

심 선장은 섬 연안에서 기름을 운반하기 시작했다. 이 배에서 저 배로. 기름을 채운 드럼통을 굴렸다. 몸무게의 곱절이 넘는 기름통을 옮기며 손가락이 부러지고 여기저기 디스크가 터졌다. 심 선장은 하루도 빠짐없이 바다로 나갔다. 폭풍우가 치는 날에는 그만의 매듭으로 배를 묶어두고 해가 나면 밧줄을 풀고 시동을 걸었다. 날이 굳으면 파도가 엉켜 크레인 작업이 쉽지 않았지만, 심 선장은 이미 베테랑이었다.

항구의 모든 배가 심 선장의 손님이자 동료였다.

규보는 대학에 입학하자마자 심 선장으로부터 독립해서 따로 지냈다. 졸업한 직후에는 경찰 공무원 시험에 뛰어들었고 두어 번 합격 점수권 근처를 맴돌다가 다섯 번째 시험에서야 면접 기회를 얻을 수 있었다. 그러나 실기 시험에서 떨어진 이후에는 좌절감에 마음을 앓았다. 규보는 한 경비업체의 사무원으로 취직해 9년을 근속으로 일했다. 특출난 데가 있는 건 아니었지만 심 선장을 닮아 그런지 묵묵하고 성실했다. 시험 준비 기간에 대한 허무함도 잠시였다. 자신을 받아준 회사에 곧 익숙해졌고, 어느 때에는 일에 대한 순수한 보람을 느끼기도 했다. 그래서였다. 불현듯 찾아와 무성호에서 함께 일해보지 않겠느냐는 심 선장의 제안에 선뜻 답할 수가 없었다.

어느 날 갑자기 선원이 되겠다는 건 단순한 이직의 문제가 아니었다. 게다가 무성호는 그물을 던지거나 여객을 실어 나르는 배들과는 달랐다. 기름을 운반하기 위해서는 항구와 바다를 정확히 이해할 수 있어야 했다. 정오의 바다는 해를 반사하여 두 눈을 찔러댔고 자정의 바다는 무자비하게 검었다. 크고 작은 선박의 기름 주문은 밤낮을 가리지 않았다. 기상예보와 다르게 밀려오는 파도에는 불가해한 측면이 있었다. 그러나 그 모든 걸 떠나서 규보의 마음이 흔들린 까닭은 그걸 제안한 사람이 아버지이기 때문이었다.

"배 위에서 흔들리지 않는 법은 바다의 일부가 되는 거다. 일부가 된다는 건 가진 모든 걸 내어놓아야 하는 일이기도 하지."

첫 항해에서 심 선장이 한 말이었다. 배를 띄우는 건 계약과 거래이지만 항구의 생태계가 이해관계로만 얽혀 있는 건 아니라는 말도 덧붙였다. 최근 몇 해 동안 섬 연안에는 해외 선사들의 거액 투자로 중대형 유류선이 등장해 영역을 넓혀가고 있었다. 무성호 같은 소형 유류선은 더 큰 회사로 편입되거나 점차 자취를 감추었다. 심 선장은 항구에 몇 남지 않은 소형 유류선 선장이었다.

바다에 차차 익숙해지던 어느 날부터인가 규보는 다른 데에 신경이 쏠리기 시작했다. 심 선장이 자꾸만 허풍 섞인 무용담을 늘어놓는 것이었다. 규보도 처음에는 심각하게 받아들이지 않았다. 아들과의 거리를 좁히고 싶어 그러는 거라 생각되는 정도였다.

"네가 인어를 만나봤겠느냐마는."

규보는 그걸 잉어로 잘못 알아듣고 싶었다. 심 선장은 규보의 표정을 살피더니 반인 반어라고 다시 알려주었다. 그 인어는 카사블랑카 해변에서 열린 서커스 쇼의 히로인이었다가, 북회귀선에서 노래로 사람을 홀려 바다에 뛰어들게 한다는 세이렌이기도 했다. 달싹거리는 심 선장의 인중을 바라보자니 불길한 예감이 이어오는 걸 규보도 달리 막을 수가 없었다.

그뿐만이 아니었다. 규보는 갈수록 심 선장이 일하는 방식이 자신과는 한참 다르다는 걸 깨닫던 차였다. 무성호가 다른 배와 접선할 때마다 심 선장은 낯선 선원들과도 한참이나 대화를 이어 나갔다. 규보가 언뜻 듣기에 소통이 잘 되는 것 같지는 않았다. 그 배는 거칠기로 유명한 베링 해협에서 킹크랩을 조업한 러시아 선원들이 주를 이루고 있었다. 심 선장은 꽤 진지하게 선원들의 말을 경청했다. 규보로서는 환적

을 끝마치면 곧장 육지로 돌아가 쉬고 싶었다. 그러
나 심 선장의 허락 없이는 무성호의 무엇도 함부로
다룰 수가 없었다. 심 선장은 그들과 힘주어 악수한
뒤에야 밧줄을 풀라고 명령했다. 돌아오는 길에는 다
시금 말수가 줄어든 영락없는 항구의 노선장이었다.
규보는 심 선장의 옆으로 다가섰다.

"무슨 대화를 하신 거예요?"

"바다 한가운데에 찾을 사람이 있어서 부탁을 좀
했다."

"설마 그 인어요?"

무성호의 선장이 한순간 바다 위에서 어린아이가
되어버릴지도 모른다는 불안감이 규보를 비아냥거
리게 했다. 무성호는 파도를 가르며 빠른 속력으로
전진했다. 규보는 기울어진 몸의 중심을 잡으려 선체
난간을 부여잡았다. 심 선장은 꼿꼿한 자세로 무성호
를 운항하고 있었다.

어느 때면 심 선장은 바다 한가운데에서 엔진을 정
지시키고 하모니카를 불기도 했다. 바람이 물결을 어
루만지듯 잠잠해지는 순간이면 소리는 파동이 되어

저 먼바다로 밀려나갔다. 규보는 여태껏 아버지에 대해서 잘 모르고 있었다는 걸 받아들여야만 했다. 규보가 무성호에서 버틴 기간은 고작 반년이었다.

"규보야. 목줄을 끊고 달아나야 대초원이 보이지. 묶여 있으면 가축이나 다를 바 없다."

심 선장이 말했다. 구부러진 빛이 파도를 결결이 넘나들며 수면 위로 번지고 있었다.

✦

벌써 이틀이 지나도록 심 선장은 규보의 전화를 받지 않았다. 메시지를 남겨놓아도 연락이 없었다. 무성호는 내일 밤 무렵에 상륙할 태풍을 대비해 깡깡이 마을 초입 물양장에 정박해둔 상태였다. 잘 묶여 있는지 매듭을 확인하러 간다던 심 선장은 그 후로 연락이 없었다. 마침 규보는 야간 아르바이트생을 새로 구한 참이었다. 그와 교대한 뒤에 곧장 선착장으로 향했다.

깡깡이 선착장은 수십 척의 배들이 나란히 어깨동

무라도 한 듯 서로 묶인 채로 긴 대열을 이루고 있었다. 파도에 휩쓸리지 않기 위해서는 늦지 않게 대열에 합류해야 했다. 무성호는 적어도 태풍이 오기 이틀 전이면 이곳 깡깡이에 정박했다. 해일을 막기 위해 몇 겹이나 되는 방파제로 둑을 만든 다른 항구와 달리 깡깡이 일대는 지리상 섬이 자연 방파제 역할을 하는 비교적 안전한 선착장이었다. 무성호는 규보의 예상대로 아버지가 늘 정박하는 그 위치에 잘 묶여 있었다.

태풍 전야라 그런지 공기가 미지근했다. 바람에는 물비린내가 섞여 있었다. 선박 가장자리에 붙어 있는 완충 타이어가 부두에 짓이기며 축축한 비명을 질러대고 있었다. 어둡고 불쾌한 밤이었다.

"아버지!"

규보는 기관실에서 심 선장을 발견했다. 자정을 넘긴 시각까지 기계를 점검하고 있는 심 선장의 뒷모습을 바라보자 오래전부터 막연하게 가져왔던 선원이라는 존재의 운명에 대한 존경과 안쓰러움이 동시에 밀려들었다. 심 선장은 기계 사이에 얼굴을 들이민

채 집중하고 있었다. 규보가 기관실이 울릴 정도로 소리 높여 그를 부르자 그제야 화들짝 놀라 고개를 돌렸다. 심 선장의 두 눈은 핏줄이 터져 붉어져 있었고 목소리가 갈라져 쇳소리가 났다.

"너도 고양이를 찾으러 온 게냐?"

심 선장의 목소리가 기관실에 텅텅 울렸다. 규보는 얼른 다가가서 심 선장을 부축하고 싶었다. 그를 기관실 밖으로, 배 아래로, 바다가 아닌 육지로 데리고 나가고 싶었다. 그러나 심 선장은 다시 기계 사이로 얼굴을 밀어넣었다. 규보는 심 선장의 낯선 모습에 온몸이 굳어버렸다.

"고양이 한 마리가 우리 배로 올라가는 걸 보고 쫓아왔는데 하필 기관실로 도망가는 거다. 태풍이 오고 있는데 말이야."

규보는 심 선장의 눈에서 작은 두려움을 엿보았다. 그게 연민을 불러일으키리라고는 생각해본 적이 없었다.

"기관실은 따뜻하니 태풍이 지나갈 때까진 괜찮을 거예요."

규보의 목소리가 한층 다정해졌다.

"혹시나 내가 잘못 본 건가 싶어서 확인하고 싶었다."

"아까 기관실에서 고양이 소리를 들은 것 같기도 하고요. 내일 되면 도망가고 없겠죠. 그나저나 녹섬에서 발견했다는 그거 말인데요."

화제를 돌릴 작정이었다. 심 선장은 얼른 눈의 초점을 바로잡고 규보를 바라보았다.

"아버지가 가지고 계신 거죠?"

심 선장이 주린 입술을 슬며시 펼치며 소리 나게 웃었다. 묵은 바람이 그들 사이로 스쳐지나갔고, 새초롬하게 아들을 바라보는 심 선장의 얼굴에 아이 같은 맑은 기운이 스며들었다. 이때다 싶었는지 안주머니에 다시 손을 넣는 심 선장의 모습에 규보는 잠시 마음을 내주었다. 그러나 그건 규보의 기대와 달리 하모니카가 아닌 절반을 접은 빳빳한 전단지였다.

코팅된 종이에는 '돛과 배展 조강우 작가'의 전시 정보가 적혀 있었다. 장소는 깡깡이 예술마을 전시 센터였다.

"바람이 점점 거세지고 있어요, 이만 돌아가는 게 좋겠어요."

"그럼 고양이는 어떻게 할 셈이냐?"

심 선장의 저돌적인 말투를 마주하자 규보는 잠들어 있던 두려움이 파도가 되어 밀려온 듯 아찔했다.

"제가 내일 먹이를 좀 가져올게요. 걱정하지 마세요. 고양이는 어디서든 잘 지낼 테니까요."

규보는 그렇게 말하는 동안 30여 년 전, 아버지를 따라 섬의 해수욕장으로 향했던 오래된 기억 속 한 장면을 떠올리고 있었다. 그때만 해도 섬의 해수욕장은 반질반질한 몽돌로 이루어져 있었다. 햇빛이 물에 젖은 몽돌의 표면 위로 미끄러지며 번쩍거렸다. 해변 입구에는 고무 튜브가 높게 쌓여 있었고 파라솔 사이로 아이스크림을 파는 사람들이 돌아다니고 있었다. 아버지는 1년 하고도 절반이 더 지나서 막 섬으로 돌아온 참이었다. 이제 규보는 아버지의 얼굴도 제대로 마주 보지 못할 만큼 어색해져 있었다. 해수욕장의 들뜬 열기 속에 두 사람의 무심함이 녹아들고 있었다. 아버지가 해녀들이 모인 곳으로 다가가 군소를 주문하자 늙은 해녀가 손그물을 들고 바다로 뛰어들었다. 얼마나 지났을까. 해녀가 보랏빛이 도는 검은 군소를 그물에 담아 나왔다. 끓는 물에 데친 군소와 소주를 받아온 아버지는 접시를 규보 앞으로 밀어놓고 소주만 들이켰다. 규보는 군소를 먹어본 적이 없어 멀뚱멀뚱 쳐다만 보고 있었다. 아버지는 티셔츠를 벗고 지갑을 꺼내 규보에게 맡기더니, 바다로 달려갔다.

규보는 몽돌 사이사이로 스미던 파도의 포말과 검푸르게 빛나던 몽돌의 무늬와 아버지가 파도를 거슬러 헤엄치는 장면을 기억하고 있었다. 저대로 내버려두면 아버지는 바다 끝까지 갈 수 있을 것만 같았다. 그 끝은 어디일까. 규보는 그런 걸 상상해보기도 했다. 넘실거리던 파도의 결에 따라서 아버지가 보였다가 사라지길 반복했다. 어린 규보는 아버지가 어디론가 떠나고 싶은 건지도 모른다고 생각했다. 아버지가 반나절이 지나 몸에 물미역을 덕지덕지 붙인 채로 나타난 뒤에도 한동안 그렇게 생각했다.

＊

규보는 곧잘 포스기로 재고 상품을 확인했다. 포스기는 언제나 정확하게 기록하고 있었다. 단 한 번도 실수가 없었고, 깜박 잊거나 오류를 범하지도 않았다. 규보는 틈만 나면 상품의 가격을 외우거나, 라벨 방향을 획일적으로 맞춰나가며 매장을 정리했다. 그랬기 때문일 것이다. 규보는 편의점 문을 열어둔 채 화장실에 다녀왔다가 진열장의 참치통조림이 미세하게 흐트러져 있다는 걸 알아차렸다. 없어진 건 통조림만이 아닌 것 같았다.

규보는 새로 온 아르바이트생을 의심했다. 손버릇이 나쁜 부류일 수도 있었다. 그렇다고 해도 물증을 확보하는 게 우선이었다. 규보는 매장의 CCTV를 확인했다. 영상을 확인한 규보는 이 문제를 어떻게 해야 할지 판단이 서지 않았다. 난데없이 편의점으로 들어온 심 선장이 참치통조림과 핫바, 요거트에 더하여 고양이 사료를 집어들고 달아난 것이다. 허둥지둥하는 모습은 달아났다고 표현할 수밖에 없었다. 규보는 기관실에서 고양이를 찾던 심 선장의 모습이 선연해졌다.

다른 배들은 태풍이 지나간 시점부터 운항을 시작했는데, 드럼통이 가득 실려 있어야 할 무성호는 여전히 같은 자리에 묶여 있었다. 배에 올라온 규보는 심 선장을 불렀다. 갑판 위에는 핫바가 조각조각 잘린 채 놓여 있었다. 그러자 기관실에서 헐레벌떡 올라온 심 선장이 쉿, 하며 검지를 입술에 갖다 댔다.

"너 때문에 다시 숨어버렸잖냐, 걔가 나를 거의 편하게 생각하고 있었단 말이다."

"고양이 한 마리 때문에 뭐 하시는 거예요. 오늘 주문은 다 취소하셨어요?"

규보도 순순히 물러서지 않을 작정이었다.

"네가 6살 때였나, 7살 때였나, 학교 들어가기 전즈음이었다. 나는 말레이에서 막 귀국한 참이었고. 그때 공사장에서 새끼 고양이를 구출했던 일 기억하겠어?"

규보에게는 그런 기억이 없었다.

"네가 그러더구나. 거기 있다가는 포클레인에 깔려

죽을지도 모른다고. 고양이가 배에서 내려야 시동을 걸지. 꼬리나 털이 기계에 빨려들어가는 순간 내장이 터질 거다."

심 선장의 목소리가 가라앉아 있었다. 그는 뒤로 돌아 등을 보인 채로 바다 저편을 보았다.

"이깟 물건 몇 개 없어졌다고 따지러 온 게냐. 계산이 잘 안 맞았던 게야?"

"그게 아니라요, 아버지."

심 선장이 규보의 말을 끊어냈다.

"네가 오기로 해놓고 통 오질 않으니 내가 간 거다. 거기도 여기와 별반 다를 게 없더구나."

심 선장의 의중을 파악하기가 어려웠다. 규보는 이런 상황에 놓인 자신이 한심스러웠다.

"요즘에는 고양이 탐정이라고, 그런 사람들이 있대요."

규보는 얼마 전 TV에서 보았던 그 직업을 변명처럼 꺼냈다.

"그 사람들은 못 찾는 게 없겠구나."

"음파 탐지기를 분석해서 고양이를 찾는대요."

심 선장의 눈빛이 반짝거렸다.

"고양이를 찾으면 어쩌시려고요."

규보의 말이 바보 같았던지 심 선장은 얼굴을 찌푸리며 말했다.

"육지에다 내려줘야지. 여긴 멀미 나는 곳이란 말이다."

규보는 머리를 긁적였다.

"그런데 너 여긴 왜 왔어."

규보는 심 선장의 어투가 순간순간 달라지고 있다는 걸 느끼고 있었다.

"오랜만에 배 한번 타보고 싶어서요."

심 선장은 그래? 하는 입 모양을 하고는 조타실로 쏜살같이 들어가서 경적을 울려댔다.

"왜 그러세요?"

규보가 불안한 눈길로 심 선장을 쳐다보았다.

"길이가 23.76메다고, 너비는 5.5메다, 깊이가 2.7메다, 무게가 37톤. 알겠냐."

"갑자기 왜 그러세요?"

심 선장이 만취한 채 돌아온 날이면 무성호의 무게

나 치수를 읊어대던 걸 규보는 기억하고 있었다. 그러나 지금은 그때와는 전혀 다른 양상으로 속엣말을 표출하는 듯 보였다. 그 순간에도 규보는 심 선장의 얼굴에서 고독의 그림자를 엿보았다.

"아버지는 이 항구에서 가장 중요한 분이세요."

심 선장은 능청스럽게 답했다.

"간밤에 꿈이 사나웠다. 내가 선장이 되어 있더라니."

"아버지는 언제나 선장이시잖아요."

"항만을 개발하겠다고 선사들을 들쑤시고 다니더니 이젠 일개 선원에게 기부금이나 강요하질 않나. 항구에 있는 배들도 글러먹었어. 제 식구 안 굶기는 데에만 혈안이 되어 있으니 바다가 이 모양이지. 이 배도 언젠가 내가 짊어져야 할 무게다. 바다에 무언가를 집어넣으면, 딱 그만큼 육지가 선 곳이 좁아지는 거다. 네가 언젠가 바다로 나갈 일이 있다면, 그 정도는 외워둬야 하지 않겠어? 디젤엔진은 1기고, 추진기는……."

규보는 이제 현실을 받아들이기로 했다.

두 노인이 열탕에서 몸을 녹이고 있었다. 바다에 한번 발을 담근 이들은 퇴직 후에도 쉽사리 물가를 떠나지 못했다. 그들은 탕에 들어오는 심 선장과 눈 인사를 나눴다. 한 노인이 수건을 머리에 얹고는 기합 소리를 내가며 요란하게 스트레칭을 했다. 얼마 후 열탕에는 심 부자와 두 노인이 각자의 면에 등을 기대고 있었다. 한 노인이 다른 노인에게 대뜸 성을 내더니 너만 아니었어도, 너만 아니었어도 하며 혀를 찼다. 다른 노인은 목에 가래가 낀 듯 자꾸 헛기침을 뱉었다.

"자네는 물양장 뒤편으로 상가라도 하나 사놓게나."

이 얘기를 하고 싶어서 시동을 건 것이었다.

"무슨 말씀이신지."

심 선장이 정중하게 되물었다.

"항만에 공사가 시작되면 자리를 잡고 앉은 사람들은 노난 거 아니겠는가. 육지에 땅 한 뼘 넓혀보겠다고 원양에서 그 고생을 했는데, 누구 때문에 그 돈을 다 잃게 되었으니 내가 무슨 헛짓을 하고 산 것인가 싶기도 하네."

노인의 말에는 다른 노인에 대한 질타의 감정이 담겨 있었다.

"이 깡촌에 호텔이 들어설지 누가 알았겠나. 조각배 대신 요트가 드나들고, 깡깡이 쳐대던 공장에는 카페가 선다는데 자네 같으면 미쳐 돌지 않을까."

그러자 쿵쿵대던 노인이 낮은 욕설을 지껄이며 먼저 탕을 빠져나갔다. 그의 엉덩이는 홀쭉해 뼈가 다 드러났다.

"저 영감이 나를 홀려 공장 땅 하나를 헐값에 넘겼다니까. 지금 그 땅이 금싸라기가 되었는데, 뒤에서 처먹은 게 분명해. 내가 가만두나 보시오."

그렇게 말한 뒤에 노인도 천천히 몸을 일으켰다. 그들은 냉탕 앞에서 한차례 말을 주고받더니 한 명씩 찬물에 몸을 적시고 나왔다. 그들이 열탕으로 돌아오려 하자 심 선장이 규보의 어깨를 두드렸다.

통창으로 해가 쏟아지고 있었다. 외항 선원이었던 그 시절에도, 심 선장은 규보를 이끌고 곧잘 목욕탕으로 향했다. 26개월 만에 만나던 날에도 마찬가지였다. 바다가 보이는 통창 앞에서 서로의 등을 번갈아 밀어주던 장면만큼은 규보의 머릿속에서도 선명했다. 어린 규보는 아버지가 건네준 때수건을 손에 감고 목덜미부터 밀어나갔다. 아버지는 사내자식이 힘도 제대로 못 쓰냐며 호되게 나무랐다. 규보는 악에 받쳐 커다란 등을 거침없이 밀어나갔다. 목 부위와 달리 허여멀건 등은 때수건이 지나갈 때마다 핏빛이 돌았다. 아버지는 규보의 엉덩이를 두 번 두드리곤 때수건을 빼앗았다. 규보는 아버지가 이끄는 대로 낮은 의자에 앉아 머리를 숙였다. 아버지는 비누 거품을 내 좁은 등을 문지르기 시작했다. 아버지의 손바닥은 때수건보다 더 거칠거칠했다. 규보는 천장에 맺힌 수증기가 물방울이 되어 떨어지는 소리를 듣고 있었다. 아버지는 등을 슥슥 밀어나갔다. 규보는 아무런 생각도 하지 않았다. 그저 물방울이 몇 번 떨어지나 세고 있었다. 물방울이 바닥으로 떨어지는 동안 규보가 기억하던 심 선장은 불현듯 왜소한 노인이 되어버렸다. 정말 몇 방울이 떨어졌을 뿐이었다.

심 선장은 한동안 아무런 문제가 없어 보였다. 규보가 간간이 물양장에 나가보면 바삐 이동하는 무성호를 발견할 수 있었다. 하지만 이런 평화로운 날들이 언제까지 지속될지는 알 수 없었다. 규보는 심 선장을 위한 노후 대책을 세워야 한다는 걸 알고 있었다. 그러나 어디에서부터 시작해야 할지 가늠조차 할 수 없었다.

"네 할아버지 말이다."

그날은 심 선장과 점심을 먹기로 해, 항구 근처에서 식당을 찾고 있었다. 섬 안에는 전국적으로 소문난 각 도시의 음식들이 고루 밀집해 있었는데, 피란 시절 떠밀려온 실향민들이 터를 일궈낸 흔적이었다. 포항 물회, 제주 갈치구이, 당진 낙지찜, 여수 갓김치 등 그야말로 팔도 먹거리가 죄다 모인 셈이었다. 그러나 심 선장이 난생처음 할아버지에 대해서 언급하자 규보는 허기마저 잊게 되었다.

"라스팔마스에 가면 만날 수 있지."

규보는 할아버지에 대해 잘 알지 못했다. 자신이 태어나기 전에 돌아가셨다는 정도만 알고 있었다.

"내가 어렸을 때 어머니가 점을 본 적이 있었지. 우리 심가(家)는 궁둥이를 붙이면 필히 망할 팔자라고, 평생을 쏘다니며 살아야 한다더구나. 평생 흘러 다니기에 바다보다 더 좋은 곳이 어디 있겠어. 자고로 삼대가 바다에서 살아갈 운명이라더구나."

삼대라 하면, 규보가 그 세 번째 운명의 주인공이었다. 심 선장은 비밀을 털어놓듯 슬그머니 오래전 이야기를 꺼내놓았다. 근무에 지쳐 있던 규보가 눈을 뜨는 둥 마는 둥 끔벅끔벅했지만 심 선장은 아랑곳하지 않았다.

"아버지는 종일 나무 자르는 일을 해 집 안에 톱밥이 가득했지. 밥을 먹을 때도 톱밥이 씹혔고, 방바닥을 닦고 또 닦아도 톱밥이 묻어나왔으니까. 시골집도 아버지가 직접 지었다. 내가 기대어 쉬던 기둥과 그늘을 만들던 서까래와 쪽마루까지 모두 아버지의 작품이었지. 아버지는 기술이 좋았어. 장정 다섯 명이 거들면 두세 달에 한 채가 나왔으니 마을 아낙에게도 인기가 많았고. 어머니도 그중 한 명이었다. 그러던 어느 날부터 이웃 마을에 선박 건조 바람이 불기 시작했지. 집은 한번 지으려면 목돈이 필요하고, 일손도 많이 들지만 배는 그렇진 않았어. 한 달이 뭐니. 장정 둘이면 보름에 한 척씩 뚝딱 해낼 수 있으니 수익이 남았지. 아버지는 신념대로 집을 지어나갔어야 했는데, 동네 집을 다 짓고 나니 보수해달라는 사람만 늘지 영 재미가 없었던 거야. 이참에 기술이나 보강하자고 건조 기술을 배워왔지. 건조 기술자가 아버지를 특히나 아꼈는데, 그건 아버지가 집 짓는 기술을 배에도 접목했기 때문이라더군."

심 선장이 꽤 진지했기에 규보도 이제 뭐라고 할 수가 없었다. 저렇게 생기 넘치는 표정을 짓는 건 드문 일이었다.

"작은 어선에는 그늘도 의자도 없는 게 당연하다고만 생각했는데, 아버지는 배 위에 작은 집을 지었어. 처음에는 까대기를 쳤다가 나중에는 창고를 만들었지. 그게 조타실이 되고, 기관실이 되고, 보관 창고가 되어서 활용하기 좋았다더군. 기술이란 게 내꺼 니꺼가 어디 있었겠니. 한 마을 사람이라면, 바로 그 마을 것이지. 아버지의 기술로 집마다 배를 한 척씩 받게 된 셈이라더군. 예닐곱 척의 통선이 동시에 그물을 쳤다가 한 번에 끌어올리는 방식으로 몰이를 할 수 있게 되었다지. 이 일대에서 제일가는 부자마을이 될 뻔한 적도 있었다더군. 한 사람의 기술이 마을 분위기를 몽땅 바꾸어놓은 거야. 그러던 중에 태풍이 찾아왔지. 모든 배가 풍비박산 났어. 집도 무너지는 판국에 배라고 버틸 리가 없지. 그건 사람이 어찌할 수 있는 일이 아니란다. 그런데 아버지는 인정하기가 싫었던 게야. 배를 구하겠다고 동네 사내들을 데리고 나가서 고기를 잡던 그물을 배에 던져 가두리를 쳤던 거다. 어지간한 태풍이었다면 배들도 힘을 모아서 버티고 버텼을 거다. 하지만 배들이 태풍을 견디는 일이란 애초에 잘못된 생각이다. 사람이 파도를 이기는 방법이란 없지. 그 많던 배들이 단박에 박살이 나고 떠내려갔어. 나무배가 그래봐야 얼마나 튼튼하겠니. 제아무리 거북선이라 해도 그런 태풍에는 백기를 들었을 게다. 아버지는 배를 붙잡으려 바다로 나가려 했고, 어머니는 아버지를 붙잡았고, 나는 그런 어머니를 붙잡았지. 그게 아니었다면 모두가 죽었을 거다. 마을에는 줄초상이 났지. 그런 마당에 누가 또 배를 만들려고 했겠니."

규보는 어느새 아버지의 이야기에 귀를 기울이고 있었다. 한 번도 들어본 적 없었던 이야기였다.

"하나둘 섬 밖으로 빠져나갔고, 아버지에게 기술을 배우려는 사람도 없어졌어. 아버지는 더 이상 무엇도 만들지 않았어. 그런 기술 따위는 모르는 사람처럼 말이다. 그러다 라스팔마스로 가는 화물선에서 선원을 구한다는 공고가 났다. 배에서 먹여주고 재워주는 건 물론이고, 섬에서는 상상할 수 없던 급여를 받을 수 있다는 사실에 소문이 금방 돌았지. 무엇보다 그 배는 몇천 톤에 달하는 대형 선박이라더군. 나무배만 만지던 아버지가 몇천 톤의 배를 상상할 수 있었을 리가 없지. 아버지는 기술을 배우고 싶었던 게야. 나무를 물에 띄우는 것과 철을 띄우는 건 다른 문제니까. 아버지가 떠난 이유는 바로 그것 때문이라고 네 할머니는 죽기 직전까지 그리 생각하셨다."

심 선장의 이야기는 식당에서 나와 항구를 걸으면서도 계속되었다. 둘은 부둣가에 단단하게 박혀 있는 계선주에 걸터앉아 캔맥주를 마셨다. 규보가 보기에 심 선장은 술을 마시면 마실수록 눈동자가 맑아지는 것 같았다.

"할아버지 이야기는 자꾸 왜 하세요."

심만호는 이제 막 항구로 돌아오는 배 한 척을 가리키며 말했다.

"규보야. 저 배는 항구가 집일까, 바다가 제 집일까."

"항구죠. 항구로 와서 기름도 채우고 해야 안 되겠습니까."

규보는 넉살 좋은 사람처럼 서글서글하게 웃었다. 심 선장의 기분을 달래주고 싶었다. 무덤덤한 심 선장의 얼굴에서 규보가 놓친 것은 무엇이었을까.

그날 밤, 심 선장은 무성호와 함께 사라져버렸다. 해무가 섬을 점령한 9월의 그믐이었다.

유언장

1934년, 섬을 잇는 다리가 개통되었다. 이듬해 2월, 다리 위로 전차가 넘나들자 교역의 시대가 열렸다. 고향을 두고 온 이들이 섬으로 밀려든 건 피란의 시대에 들어서면서였다. 평양에서, 수원에서, 완도에서, 제주에서 온 각지의 사투리가 섬의 곳곳을 떠돌아다녔다.

전차 종점을 중심으로 장터가 형성되었다. 사람들은 물에서 난 것을 썰어다 팔고, 산에서 캔 것을 깎아다 팔았다. 그러다 공장에서 생산된 고무와 신발과 선박 부품을 대량으로 납품하기 시작했다. 제아무리

외떨어진 섬이라 해도 바퀴 달린 전차가 들어온 이상 산업화를 피해갈 순 없었다. 시대는 한 번도 뒤를 돌아보지 않았다. 도서관이 설립된 건 전차가 멈춘 지 30여 년이 더 지난 20세기 말이었다. 책은 시대를 시절로 바꾸는 가능성이라고, 섬에 사는 누군가가 말했다. 섬을 위한 최선의 일이라고도.

규보는 도서관이 들어서던 그해, 전차 종점의 뒤편으로 난 좁은 골목길 끝 집 셋방에서 태어났다. 심 선장이 귀국할 때마다 몇 차례 이사하기도 했지만, 전차 종점을 벗어난 적은 없었다. 전차가 멈춘 그 자리에는 작은 기념비가 세워져 있었다.

언젠가, 아마도 경희 씨가 시장에서 구운 호떡을 사 와 선잠에 빠져 있는 규보를 깨우던 그런 참이었을 것이다. 규보는 흐릿하게 눈을 떠선 엄마라고 불렀다. 쪽잠을 자던 규보는 화들짝 깨어나 집 안을 두리번거렸다. 마흔을 훌쩍 넘긴 규보는 처음으로 혼자가 된 기분을 느꼈다.

규보는 경찰이 보여준 CCTV의 화면이 믿기지 않

았다. 그날 밤, 바다 위로 희뿌연 연기가 깔리기 시작하더니 순식간에 불어나 부두를 장악해갔다. 30여 분이 채 지나지 않아 일대는 자욱한 안개로 휩싸였다. 바다와 육지의 경계가 흐려지더니 모든 것이 안개 속으로 숨어버렸다.

새벽 무렵에야 해무가 걷힌 물양장은 여느 때와 다름없는 부두의 모습을 하고 있었다. 다만 거기에 있어야 할 선박 한 척이 사라져버렸다. 경찰은 해경에 요청하여 그날 세관에 신고된 입출항 기록과 선박일지를 검토해나갔다. 이렇다 할 정황을 찾을 수 없는 날들이 이어졌다.

규보는 심 선장의 병세에 대한 사실을 경찰에 알려야 할지 망설였다. 의사의 말이 사실이라고 해도 거기에는 석연치 않은 부분이 있었다. 만약 심 선장의 정신이 온전치 않은 상황이라면 오히려 도드라져 눈에 띄어야 할 것이기 때문이었다. 평소 단골로 삼던 식당과 목욕탕, 오래전부터 알고 지내던 노포까지 살살이 뒤졌지만 심 선장의 행방을 알려줄 사람은 아무도 없었다. 심 선장이 마지막으로 만난 사람이 심규보라는 건 변하지 않는 사실이었다.

심 선장의 흔적을 찾기 위해 전차 종점 일대를 살펴는 동안 옛 기억이 되살아나는 건 어쩔 도리 없는 일이었다. 거기에는 규보가 잃어버린 것들이 곳곳에 숨어 있었다. 가만 내버려두고도 눈길을 주지 않아 잊어버린 것들이기도 했다. 몇 해 전에 크고 화려한 건물로 이전을 마친 도서관은 규모를 축소시켜 분관으로 운영하고 있었다. 어느 날부터 도서관 주변을 서성이게 된 건 상앗빛 페인트칠이 군데군데 벗겨진 낡은 건물 때문이었다.

건물의 일층은 부동산이었고, 이층은 한의원, 삼층은 작명소이자 철학관이었다. 규보는 좁고 낮은 계단을 한 칸씩 올라갔다. 건물 내부에는 한약 냄새가 은은하게 풍기고 있었다. 사층의 철문 옆으로 나무 문패가 걸려 있었다. 문패에는 '二門(이문)'이라는 상호가 음각으로 새겨져 있었다. 차임벨을 누르자 한 여성이 문을 열었다.

"안녕하세요. 한세인입니다."

느릿하면서도 침착한 말투였다. 개량 한복을 입고 있어서인지 묘한 분위기를 풍겼다. 목소리뿐 아니라 얼굴로도 나이를 가늠하기 힘들었다. 오십대, 어쩌면 그보다 더 많을지도 몰랐다. 전화로 한차례 궁금한 것들을 물어본 뒤였지만 좀처럼 정체를 알 수 없는 곳이었다.

"실내화로 갈아신으시면 됩니다."

낮은 신발장 위에는 녹보수가 초록 잎을 무성하게 늘어뜨리고 있었다. 규보는 그녀를 뒤따라 기다란 복도로 들어섰다. 폭이 넓은 치맛자락이 흔들리고 있었다. 규보는 복도를 걸어가며 두 개의 방을 지나쳤다. 책상과 의자와 화이트보드가 놓인, 평범한 강의실이었다. 복도 끝에 원장실이 있었다. 규보의 시선이 창가에 놓인 고무나무와 선인장 화분에 닿자 그녀는 도서관만큼이나 오래된 친구들이라고 말해주었다.

"책이 건물을 가득 채우던 시절이 있었습니다. 그때 사람이 많았습니다. 정말 많았습니다."

한 원장이 창 너머의 도서관 건물을 바라보며 말했다.

"사람이 먼저 들고, 책은 한 세대가 지난 다음에 쓰이거나 읽힙니다. 어느 도시나."

상대를 누그러뜨리려는 그 목소리를 규보가 막아섰다.

"제가 여길 온 건 아버지 때문입니다."

규보는 한 원장이 가진 어떤 분위기를 깨뜨리고 싶었다. 사담이나 주고받자고 문을 두드린 게 아니라는 걸 분명히 하고 싶었다.

한세인 원장이 숨을 고르고 있었다. 다소 태연한 태도가 규보를 자극했다. 심 선장의 통장을 확인하던 중, 1년 넘게 이곳으로 일정한 돈을 보내고 있다는 사실을 발견했다. 궁금한 게 많았지만, 규보는 참을성 있게 그녀의 다음 말을 기다렸다.

"선장님도 아드님처럼 아무것도 모르고 오셨습니다. 여기 오는 분들 대부분이 그렇습니다. 하지만 남아 있을 분들은 결국 남게 됩니다. 내면을 꺼내어놓는 건 간단치 않은 일이지만 그 과정에서 우리는 다시 한번 태어납니다."

"이런 말을 아버지가 수긍했다는 건가요?"

한 원장은 잠시 말을 삼켰다. 규보가 받아들일 수 있는지 확인하려는 듯 가만 바라볼 뿐이었다.

"저는 문지기일 뿐입니다. 사람들이 쓴 글을 지키는 역할입니다. 여길 찾아와 글을 쓰고 말고는 개인의 선택입니다. 저는 어떤 강요도 하지 않습니다."

그녀의 억양이 조금 격양되어 있다는 걸 규보도 알아차렸다. 그러나 단순히 듣고 이해할 만한 상황이 아니었다.

"그 글이 대체 뭡니까? 그게 뭐기에 가족에게도 숨기고 이런 델……."

규보가 허망한 얼굴로 말끝을 흐리자, 한 원장은 잠시 자리에서 일어나 창가로 다가섰다.

"숨기려고 숨긴 건 아니었을 겁니다. 어떤 글들은 유언장을 대신합니다."

유언장이라는 단어가 규보의 숨을 가로막았다. 그러나 아직은 섣불리 판단할 수 있는 게 없었다. 규보는 눈을 감고 천천히 숨을 뱉었다. 무언가 빠져나가는 것만 같은 긴 숨이었다.

"글을 통해서 자신을 돌아보는 건 자연스러운 일입

니다. 우리 모두 언젠가는 죽게 되는 것과도 같은 이 치입니다."

한 원장의 치마폭에 자수로 새겨진 나무뿌리 문양이 규보의 시선을 이끌었다. 하나의 종류가 아닌, 무수히 많은 종의 나무뿌리가 무질서하게 엉긴 채 뻗어나가고 있었다.

"전화로 말씀드린 것처럼 사전에 약속된 상황이 아니고서는 글을 보여드릴 수 없습니다. 이건 저희가 지켜내야 하는 신뢰와 관련된 문제입니다. 아시겠지만 선장님도 그걸 믿고 저희와 함께하셨던 겁니다."

"아버지는 뇌질환 진단을 받은 상태였어요. 제대로 판단하지 못하셨을 겁니다. 아버지 행방에 실마리라도 있는지 제가 봐야 합니다."

규보는 쉽사리 단념하지 않았다.

한 원장은 망설이는 것 같았다. 적어도 규보가 보기에는 그랬다.

그녀는 천천히 걸음을 옮겨 원장실을 빠져나가더니 서류 봉투를 들고 돌아왔다. 종이 뭉치가 들어 있는 듯 두꺼웠다.

"선장님이 쓰신 원고입니다. 제가 이걸 가져온 건 선장님을 존중해달라는 말을 하고 싶어서입니다. 선장님은 오랜 기간에 걸쳐 수십 편의 글을 써왔습니다. 모든 글이 선장님의 내면입니다. 어느 한 부분을 가지고 전부를 판단해버려서는 안 됩니다. 그러니 과연 선장님 본인께서도 아드님이 이걸 읽도록 허락하셨을지, 한번 생각해보시길 바랍니다."

한 원장은 규보 앞에 서류 봉투를 내려놓았다. 규보는 봉투를 열어 원고지 더미를 손에 쥐었다. 한 장 한 장 글자가 빼곡하게 채워져 있었다. 심 선장은 수개월 동안 글을 써오다가 돌연히 사라져버렸다. 한 원장의 말처럼 아들이라는 명분으로 이걸 읽어도 되는지 확신이 서지 않았다.

"이문(二門)은 또 다른 문을 뜻합니다. 선장님은 그 문으로 들어오셨고 저희와 함께 글을 나누었습니다. 제가 아는 선장님은 여러 개의 문을 가지고 계신 분이었습니다. 선장님께서 저희에게 맡긴 글을 잘 보관하겠다는 약속을 지키도록 도와주신다면 고맙겠습니다. 대신 저는 이걸 보여드리는 게 어떨까 합니다.

도움이 될지는 모르겠습니다만."

원장은 서류 봉투의 깊숙한 곳에 들어 있던 은색 USB를 꺼내 규보 앞에 내밀었다. 창가에 드리워진 나무의 잎사귀마다 빛이 스며들었다. 규보는 USB만 받아 들고 원고 뭉치는 다시 원장에게 돌려주었다.

집으로 돌아온 규보는 커튼을 치고 컴퓨터 앞에 앉았다. USB 폴더에는 '낭독회_심만호.mp4'라는 파일이 들어 있었다. 생성 일자는 2개월 전이었다. 파일이 열리는 동안 모니터의 검은 화면 위로 규보의 얼굴이 비쳤다. 무채색으로 비친 규보의 얼굴은 심 선장의 한 시절과 꼭 닮아 있었다. 얼마 지나지 않아 태양의 문을 열어젖힌 듯, 액정이 환하게 밝아졌다.

✦

화이트보드가 놓여 있던 방. 규보가 이문의 복도를 통해 보았던 그곳이었다. 화면 밖에서 마른기침을 내뱉는 소리, 흠흠하며 목소리를 가다듬는 소리가 들렸다. 이내 잡음이 삭제된 듯한 어떤 고요가 화면을 채웠다. 얼마나 지났을까. 한 노인이 화면 속으로 들어왔다. 그는 어딘가 모르게 엉성했고, 민망한 듯한 표정을 숨기지 않았다. 손에 쥔 원고지를 다른 손으로 고쳐 쥐기도 했다.

"시작하세요."

한 원장의 목소리였다. 그는 카메라를 바라보며 해도 되겠습니까, 하고 되물었다. 그러자 서너 명의 사람이 흐리게 웃는 소리가 들렸다. 그는 자신을 다독이듯 천천히 고개를 끄덕였다.

"제목은 없습니다."

하얀 형광등 불빛이 그의 눈동자에 비치고 있었다.

"지난밤에 꾼 꿈같은 글을 써봤습니다."

계속해도 좋다는 듯한 침묵이 그를 다독였다.

"한동안 꾸곤 했던 그 꿈에서는 제가 아닌 다른 사람이 되어 있었습니다. 유체 이탈이라고 해야 하나. 꼭 그 꿈뿐만이 아닙니다. 저는 요즘 들어 제가 아닌 사람이 되는 경험을 종종 합니다. 지금 이 순간도 정말 본연의 제가 맞는지 확신할 수는 없습니다. 그러나 달리 생각해보면, 내가 백 퍼센트의 나 자신이라고 여길 수 있는 사람이 얼마나 될까요. 그래서 제가 여기에 와 있는 건지도 모르겠습니다."

규보는 처음 보는 심 선장의 모습이 낯설었다.

"차유민은 저의 첫 항해를 함께했던 사람입니다. 그리고 꿈에서 저는 종종 차유민이 됩니다. 어쩔 도리 없이 그건 생생합니다."

심 선장은 원고지를 한 장 넘겼다.

✦

붉은 대문은 적갈색 페인트가 여러 번 덧칠된 철제 대문이었다. 나는 벨을 두 번 눌렀다. 열을 세고, 한 번 더.

"용무?"

오래된 인터폰에서 기계적인 목소리가 들려왔다.

"그림자."

"이름?"

"유민."

귀를 할퀴는 날카로운 진동벨 소리와 함께 굳게 닫혀 있던 철제 대문이 불쑥 열렸다. 녹슨 철문의 마찰음이 괴이했다. 문 뒤편에는 지하로 통하는 계단이 이어졌다. 가파른 계단 끝에 붉은 조명이 희미하게 비치고 있었다. 대문을 닫자 항구에서 들려오던 소음이 희미해졌다.

계단을 끝까지 내려가자 알루미늄 문이 나왔다. 문을 열자 매캐한 연기와 함께 지하 특유의 습한 냄새가 밀려왔다. 군데군데 조명이 켜져 있었지만, 실내는 어두웠다. 공중에는 담배 연기가 자욱했다. 몇몇이 담배를 입에 문 채 술잔을 쥐고 있었다. 음침한 눈빛들이 나를 살피는 게 느껴졌다. 검은색 비니를 쓴 사내가 내 얼굴을 향해 담배 연기를 잔뜩 내뿜었다. 나는 그와 눈을 마주치지 않으려 시선을 피했다. 어둠 속에서 랜턴 불빛이 깜빡이고 있었다. 랜턴 조명을 따라서 미로처럼 얽힌 통로를 거쳐 또 다른 문 앞에 이르렀다.

그는 닫혀 있는 문 앞에 서서 랜턴을 끄고 문을 열어주었다. 벌써 몇 개의 문을 거쳐온 건지 돌아볼 새도 없었다. 방 한가운데에는 큰 테이블이 놓여 있었고 한 남자가 등을 돌린 채 앉아 있었다. 나를 안내했던 사내는 습관처럼 랜턴 스위치를 눌러 벽에 조명을 비추다가 끄기를 반복했다. 남자는 벌떡 일어나서 사내의 장난감을 빼앗았다. 앉아 있을 때와 달리 남자는 다부진 체격이었다. 남자가 랜턴 배터리를 분리해서 테이블 위에 올려놓았다. 배터리가 굴러가다가 요란하게 바닥으로 떨어졌다. 남자가 화를 삭이며 말했다.

"나가봐."

사내는 테이블 위에 놓인 랜턴을 낚아채 밖으로 나갔다.

"여기까지 오기 쉽지 않았을 텐데요."

남자는 일어서 있을 때와 앉아 있을 때의 말투가 사뭇 달랐다.

"대충 이야기는 들었겠지만."

남자가 뭔가 떠보려는 듯 내 눈을 살폈다.

"절반은 입금했고 나머지는 이후에 드릴 겁니다. 걱정하지 마십시오."

"그런 걸 물어본 게 아닙니다."

남자는 의자를 테이블로 바짝 당겨 앉더니 무전기를 꺼내 전원을 켰다. 나는 어떻게 되든 상관없다고 말했다.

"오늘이 그믐이니 삭일에 한 번, 이튿날 한번 더 깨우도록 하죠. 사흘, 아니 나흘 동안 깨어나지 못할 수도 있어요. 일주일이 지나면 그쪽에 가 있는 사람이 될 겁니다. 그때 마지막으로 물을 겁니다. 거기에 있길 원하는지. 만약 그렇게 결심하면 되돌아올 수는 없습니다. 이쪽은 걱정할 거 없습니다. 뒷일은 우리가 해결합니다."

남자는 무전기에 대고 문을 차단하라고 지시했다. 그러고는 얼마간 말이 없었다.

"어디로 떠나고 싶은 겁니까?"

그는 깜박 잊었다는 듯 다시 질문해왔다. 나는 어떤 대답을 해야 할지 몰라 가만히 있었다. 남자는 일어나서 테이블 위에 무전기를 내려놓고 나를 내려다보며 말했다.

"거기가 어떤 모습일지는 그쪽이 하기에 따라 달렸

습니다."

지하 공간이 가진 음습한 한기에 발끝이 시렸다. 남자는 테이블 옆 서랍장에서 붉은 액체가 담긴 병과 유리잔을 꺼냈다.

"이걸 쓸 겁니다. 처음에는 그냥 몽롱한 정도. 지독한 독주를 마신 것처럼. 하지만 양을 늘리면 완전히 다른 세계가 열릴 겁니다."

남자가 앉아 있던 의자 뒤편으로 가슴 높이의 문이 나 있었다. 나는 남자를 뒤따라 몸을 웅크린 채 문 안으로 들어갔다. 침대가 놓인 어두운 방이었다. 흐린 불빛이 바닥 문틈을 통해서 스며들 뿐이었다. 남자는 내가 침대 위에 편한 자세로 누울 수 있도록 도와주고 옆에 달린 체인을 돌려 등받이 각도를 조절했다. 침대는 생각보다 훨씬 푹신하고 편안했다. 나는 아이처럼 누워 남자를 올려다보았다. 남자는 능숙한 손길로 유리잔을 건넸다.

"조금만 마셔보세요. 반응을 먼저 볼 테니까."

나는 천천히 붉은 액체를 삼켰다.

"거듭 당부합니다만, 돌아오는 건 그쪽 하기에 달

려 있습니다."

이제 겨우 한 모금을 넘겼을 뿐인데도 나른한 취기가 밀려들었다.

"자, 여기 한 잔 더."

이제 내 몸은 의지와 상관없이 남자가 시키는 대로 하고 있었다. 어느 순간 눈앞이 흐려졌다. 끝이 보이지 않는 기나긴 터널 속으로 빨려들어가듯 사방은 온통 어둠이었다.

✦

멀리서 한 쌍의 자동차 헤드라이트 불빛이 다가오고 있었다. 선착장에는 가로등 하나만이 어둠을 밝히고 있었다. 사람은 보이지 않았다. 가로등 옆 표지판에는 서낭당이 여기에 있었다고 알려주고 있었다. 거친 엔진 소리가 가까워졌다. 파란색 포터 트럭은 표지판 앞에 정지했다. 나는 트럭에 올라탔다.

운전석에 앉은 남자는 왠지 모르게 익숙한 느낌이 들었다. 검은색 비니를 쓴 그는 눈빛이 흐리멍덩했지만 운전에 있어서만큼은 능숙해 보였다. 그와 나는 한마디도 나누지 않았다. 어쩌면 그도 자신의 임무를 제대로 이해하지 못하고 있는지도 몰랐다. 차라리 그 편이 나을 수도 있었다. 붉은 대문은 늘 그런 식으로 일을 처리하는 것이다.

트럭은 고가도로를 빠져나와 부둣가로 꺾어 들어 갔다. 길가에는 수십 대의 컨테이너 트럭이 정차되어 있었다. 그는 과속방지턱에서도 기어를 적극적으로 조작하며 액셀을 밟아댔다. 운전을 즐기는 부류 같았 다. 그는 가로등이 꺼진 부둣가 한편에 트럭을 세운 뒤 내려,라고 명령조로 말했다. 그의 역할은 여기까 지인 듯했다.

그는 누군가와 통화를 하는가 싶더니 차에서 내려 나에게 다가왔다. 그는 꽤 귀찮은 일을 맡게 되었다 는 듯 짜증 섞인 목소리로 말했다.

"타."

일이 틀어진 걸까. 지금은 시키는 대로 할 수밖에 없었다. 내가 트럭의 문손잡이를 당기자 그가 발로 문을 닫아버렸다. 그는 무슨 이유에선지 전보다 거칠어져 있었다.

"거기가 아니지."

나 같은 치를 어떻게 다룰지 잘 안다는 듯 비아냥
거렸다. 그가 워커 앞굽으로 내 정강이를 걷어찼다.
나는 허리를 숙이며 신음을 삼켰다.

"너 황숙이랑 무슨 사이인지 모르겠지만 잠자코 따
라와. 입이라도 뻥끗했다가는 바다에 던져버린다."

이런 수모라면 수없이 겪어온 터였다. 그는 트럭의
적재함으로 올라가더니 드럼통을 고정해둔 밧줄을
풀고 한쪽을 들어올려 수직으로 세웠다.

"이리 올라와라."

그가 소리쳤다. 나는 적재함으로 올라갔다. 그는
내가 메고 있는 가방을 가리켰다.

"그런 거 다 필요 없다. 얼마 안 가서 죽을 텐데. 여
기까지 오는 데 얼마를 달라던?"

그는 낑낑대며 드럼통 뚜껑을 열려고 했지만 잘 되
지 않았다. 그러면서도 말을 쉬지 않았다.

"날 찾아왔으면 절반에 해결해줬을 텐데."

그가 비열하게 웃고 있었다.

"보고만 있지 말고 와서 잡아."

나는 드럼통을 붙잡았다. 뚜껑이 빡빡하게 끼어 열리지 않았다. 그는 짜증이 나는 걸 감추려는 듯 과장된 표정을 지어 보였다.

"물이 새진 않겠다. 그나마 다행이라고 해줘야 하나."

그 순간 그의 얼굴이 기억났다. 붉은 대문에서 내게 담배 연기를 내뿜던 남자였다.

"네가 해봐."

이번에는 그가 드럼통을 잡고 내가 뚜껑을 열었다. 나는 힘을 잔뜩 주고 뚜껑을 밀어올렸다. 안에 가스가 차 있었던 건지 펑 하는 소리와 함께 뚜껑이 열렸다.

"관 뚜껑을 네가 직접 연 셈이다."

드럼통은 비어 있었고 매캐한 기름 냄새가 올라왔다. 주변에는 아무도 없었다. 삭막한 어둠 속에서도 바다가 근처에 있다는 게 느껴졌다.

"들어가."

드럼통은 가까스로 사람이 들어갈 수 있을 정도의 크기였다. 이 정도는 각오가 되어 있었다. 그러나 그를 믿을 수 있을지 확신이 들지 않았다. 그는 기대를 품은 표정으로 드럼통 안으로 고개를 집어넣으며 말했다.

"네가 원했던 거 아니야? 그만두고 싶으면 언제든 얘기해. 그게 더 쉽고 간단한 일이니까."

그의 목소리는 동굴 속에서 울려대는 것처럼 웅웅 거렸다. 나는 가방을 먼저 던져넣고 적재함 난간을 밟고 올라서서 드럼통 안으로 들어갔다.

"얼마나 있어야 하는 거죠?"

그가 뚜껑을 닫으려 하기 전에 내가 물었다.

"멍청하긴."

그가 가래침을 그러모아 드럼통 안에 퉤 뱉은 뒤에 뚜껑을 닫았다.

트럭은 미로를 빠져나가듯 이리저리 미끄러졌다. 좁은 어둠 속에서 트럭이 가는 방향을 가늠해보려고 했다. 그러나 드럼통 속에서는 방향도 시간도 느낄 수 없었다. 내가 할 수 있는 유일한 저항은 가방을 힘껏 끌어안고 버티는 일이었다. 머리가 흔들리고 속이 뒤엉키는 느낌이 들었다. 얼마 못 가서는 무릎을 반쯤 펴고 등에 힘을 주어 뚜껑을 밀어올리려고 해보았다. 뚜껑은 열릴 기미가 전혀 없었다. 숨이 가빠질수록 정신이 몽롱해졌다. 온몸이 땀에 젖어들었다. 배가 점점 따끔거리더니, 구역질이 일었다. 위산이 쏟아져나왔다. 무엇보다도 견디기 힘든 건 내 안에 있던 것들의 역한 냄새였다. 당장 뚜껑을 열고 트럭에서 뛰어내리고 싶었다. 속이 메슥거려 이를 악물었다. 혀끝에서 피 맛이 느껴졌다. 나는 내가 누군가와 싸우고 있다는 걸 알고 있었다. 그 대상은 트럭을 모는 남자의 교만함이었다가 어느새 드럼통 속의 견고한 어둠으로 변해 나를 짓누르고 있었다. 그러나 그건 이 세계의 단면일 뿐이었다. 나는 할 수 있는 한 최대로 몸을 웅크렸다. 웅크리고 웅크리며 몸을 둥글게 말아내고 싶었다. 그러다 마침내 완전한 구의 형태가 되면 누구도 찌르지 않는 사람이 될 수 있을까. 나는 모서리가 닳아 무뎌지도록 부딪혀볼 작정이었다.

트럭이 정지한 뒤에야 가까스로 정신이 들었다. 바다가 가까이 있다는 걸 알 수 있었다. 막막한 어둠이라 해도 그 정도는 알아차릴 수 있었다. 드럼통은 어떤 기계에 의해서 이쪽에서 저쪽으로 옮겨졌다. 한순간 고압으로 찌그러지는 폐차의 운명이 될지도 몰랐다. 나는 끊임없이 옮겨지다가 다시 정신을 잃었다.

이제 드럼통은 비스듬히 기울어진 채 옆으로 구르다가 바르게 세워지며 쾅, 하고 강하게 부딪혔다. 그 바람에 드럼통 벽면에 머리를 강하게 찧었다. 수십 개의 드럼통이 적재되는 현장인 듯했다. 다급한 작업 현장의 거친 소음이 드럼통을 두드려댔다. 이어 뱃고동 소리가 온 정신을 사로잡았다.

드럼통 뚜껑이 열렸을 때 나는 오일 가스에 취해 있었다. 어디론가 서너 차례 정도 옮겨지고 나서였다. 어쩌면 더 많이 옮겨졌을 수도 있었다. 사람들이 나를 부축해서 평평한 곳에 눕혔다. 통증이 밀려왔다. 배가 기우뚱할 때마다 머리가 지끈거렸다. 엔진 소리, 기계 소리, 누군가 웃고 떠드는 소리가 들려왔다. 배는 물결에 출렁이며 어디론가 나아가고 있었다. 나는 잠들었다 깨어나길 반복했다.

눈이 맑아지자 차츰 귀도 열렸다. 내가 갑판 위로

올라온 건 며칠간의 회복 기간이 지나서였다. 내게 다가와 말을 건넨 선원은 니뇨였다. 니뇨는 나를 '세컨드'라고 불렀다. 선장은 프랭크, 기관장은 창, 기관사는 니뇨, 갑판장은 올스, 배의 이름은 카트리나라고 알려주었다. 그들은 다국적 선원이었다. 오랜 기간 함께 항해한 이들처럼 합이 잘 맞아 보였다. 그들은 나에 관한 무엇도 묻지 않았다. 물어도 제대로 답하지 못했을 것이다.

물빛은 시시각각 변했다. 카트리나는 여전히 바다 위를 떠다니고 있었다. 이 바다가 어디인지 알아차릴 만한 단서는 없었다. 흥미로운 건 선원들이 조업할 기미를 보이지 않는다는 점이었다. 니뇨는 때가 되면 주방으로 들어가서 음식을 준비했다. 우리는 매일 저녁으로 삶은 브로콜리와 양상추를 곱게 갈아서 넣은 수프와 빵을 먹었다. 선원들은 하루 4회, 규칙적으로 식사했다. 해가 저물면 얕은 바다에 닻을 내리고 정박했다. 이 배가 지구 어디쯤 떠 있는 건지 궁금했지만, 이제 그런 사실은 아무 소용 없는 일처럼 느껴지기까지 했다.

먹구름이 몰려오자 선원들은 분주하게 배를 정비해나갔다. 먼바다에서 번쩍하는 섬광이 내려쳤고, 하늘이 밝아졌다가 순식간에 어두워지더니 빗방울이 쏟아졌다. 배의 엔진이 꺼졌다. 창과 올스가 대합실로 들어왔고, 마지막으로 니뇨가 들어왔다. 프랭크는 조타실에서 키를 잡고 있었다.

니뇨는 재밌는 광경이라도 펼쳐질 것처럼 상기된 표정이었다. 나는 그의 시선을 따라서 바다를 관찰했다. 빗방울이 그치고 서서히 해무가 피어오르더니 눈앞까지 뿌옇게 흐려졌다. 앞이 제대로 보이지 않을 정도였다. 바로 그때 무언가가 배 밑을 부드럽게 스치며 지나가는 게 느껴졌다. 발끝으로 온 신경이 쏠렸다. 나는 분명 대합실 안에 있었는데도 마치 바닷물에 발을 담그고 있는 듯 생생했다. 창과 올스도 배의 밑바닥을 감지해보려는 듯 눈을 감으며 집중했다. 카트리나의 선원들은 그것이 무엇인지 이미 알고 있는 눈치였다. 하지만 그런 느낌은 단 한 번뿐이었다.

얼마 지나지 않아 해무가 말끔히 물러가고 석양빛이 미끈하게 바다를 붉혔다. 카트리나는 잔잔한 바다에 덩그러니 떠 있었다. 어디선가 불어오는 바람이 해먹에 누운 아이를 재우기라도 하듯 조심스레 배를 흔들었다.

다시 시동이 켜지자마자 배는 거침없이 나아갔다. 뱃머리에 나가보니 수평선 저 너머에서 산등성이가 희미하게 드러났다. 그곳이 어디인지, 어느 국가인지 알 수 없었다. 국가가 아닌지도 몰랐다. 다가가면 사라질 신기루인지도 몰랐다. 모든 것이 불확실했고 어쩌면 그건 내가 바라던 세상의 모습이었다.

등 뒤에서 휘슬 소리가 들렸다. 창이 나에게 손짓했다. 그는 배의 후미에서 지하로 통하는 계단을 지나 기관실로 나를 이끌었다. 창이 앉은 나무 의자는 기관실 철제 기계와는 어울리지 않게 고풍스러운 빛깔을 띠었다. 전구가 알알이 박힌 기계들이 거친 소리를 내며 작동하고 있었다. 노란 백열등이 내부를 밝히고 있었다. 창은 수더분해 보이는 인상이었다. 나는 그가 시킨 대로 압축기 뒤에서 공구 상자를 찾아내어 앉았다.

"섬에서 왔다고?"

느린 목소리에는 상대를 편안하게 만들어주는 힘이 있었다. 작은 숨소리에도 집중할 수밖에 없었다. 나는 고개를 끄덕였다. 그의 공간에서 말을 되받기란 쉽지 않았다.

"이 바다에는 법칙이라는 게 있단다. 카트리나의 선원이 된다는 건 전혀 간단하지 않아. 여긴 네가 살던 섬과는 아주 다를 거다."

나는 묻고 싶은 게 많았지만 선원들이 나에게 그랬던 것처럼 침묵을 택했다.

"바다를 오래 쳐다보지 말거라. 물이 네게 말을 거는 순간 너는 공포에 떨게 될 거다. 선원에게 가장 두려운 적은 바다가 아니라 바로 그 공포심이니까."

뱃고동이 대화를 중단시켰다. 그는 서둘러 일어나서 기관실의 계단 위로 올라갔다. 문을 열자 햇살이 지하로 쏟아져내렸다. 그가 말했다.

"잊기 쉬운 과거란 없단다."

그는 빛을 향해 돌아섰다. 사각형 문틀 너머로 하늘이 불타오르고 있었다.

그날 저녁, 카트리나의 선원들은 하나둘 대합실로 모여들었다. 전에 없던 긴장이 대합실의 공기를 달리 만들었다. 탁자 위에는 지도가 펼쳐져 있었다. 창은 특정 위치에 X 표시를 해나갔다. 그곳이 그림자가 발견된 위치라고 했다.

나는 그림자가 무엇인지 물었다. 그러자 서로 눈치를 살피는 행색이었다. 니뇨마저 말을 흐리자 결국 창이 나섰다.

"카트리나는 그림자를 포획하는 배다."

그렇게 말할 때까지만 해도 그림자라는 게 고래나 상어를 다르게 표현하는 거라고 생각했다. 창은 그림자가 무엇인지 끝끝내 알려주지 않았다. 분명한 건 이 바다 어딘가에 그림자가 있다는 것이었다.

"그림자를 잡으면 그다음은 어떻게 되는 거죠?"

"현상금을 받아야지."

나는 그 말뜻을 곧장 이해하기가 힘들었다. 그들은 무표정한 얼굴로 나를 쳐다보았다.

"걱정할 것 없어. 누구의 그림자를 포획하더라도 현상금은 똑같이 배분되니깐."

니뇨가 말했다.

창은 지도를 바라보며 항로 방향과 포획 범위를 설명했다. 그러나 선원들은 서로 다른 입장으로 전술을 주장했다. 결국 마지막까지 조율이 되지 않아 지지부진하게 회의가 끝나버렸다.

다음날 올스가 선미에서 나를 불렀다. 올스는 비닐 장판을 가리켰다. 다양한 크기의 작살이 놓여 있었다. 날카롭고 위협적이었지만 녹이 슬고 군데군데 칠이 벗겨진 것도 있었다. 올스는 바닥에 있던 솔을 이용해서 작살 손질법을 알려주었다. 그가 솔로 작살 촉을 밀어내자 녹처럼 보였던 이끼가 닦였다. 처음으로 맡게 된 작업이었다. 나는 작살을 어디에 사용하게 될지 상상해보았다. 크기로 보아 작은 어종은 아닌 듯했다. 다랑어류나 상어 정도는 될 것이었다. 그러나 아직은 그림자에 대해 어떤 짐작도 할 수가 없었다.

배를 뒤따르던 갈매기 떼가 부드럽게 선회했고, 그중 한 마리가 부리를 내뺀 채 바다에 뛰어들었다. 갈매기는 다시 수면 위로 올라오지 않았다. 배는 전속력으로 나아가고 있었다.

여전히 카트리나는 망망대해를 운항해나갈 뿐이었다. 그림자는 나타날 기미가 없었고, 바다에는 어떤 징조도 보이지 않았다. 올스와 니뇨는 뱃머리로 나와서 바람을 마주하며 서 있었고, 프랭크는 조타키를 붙잡은 채로 담배를 피우고 있었다. 그들은 대체 무엇을 기다리는 걸까. 바다의 물결은 잔잔했다. 어느 지점에 이르러 배는 속도를 줄였다. 선수와 선미에 안전등이 켜졌고, 올스가 닻을 내렸다. 단조롭고 평화로운 하루가 흘러가고 있었다. 함께 식사를 마친 후에는 늘 그랬듯 각자의 방으로 돌아갔다. 내가 조리실에서 식기를 정리하고 있자 니뇨가 다가와 거들었다. 나는 그들이 왜 어업을 하지 않는 건지 궁금했다. 배를 타고 돌아다니는 동안 손그물로도 건져올릴 수 있는 다양한 어류를 보았다. 물빛이 맑아 바다가 투명하게 보이는 날에는 청새치가 재빠르게 달아나기도 했다. 니뇨는 나의 기대와는 달리 카트리나는 어업에 관여하지 않는다고 단호하게 말했다. 곧 그림자를 만나게 될지도 모른다는 니뇨의 말은 풀리지 않는 수수께끼일 수밖에 없었다.

선실로 돌아와서 침대에 걸터앉으니 떠나온 풍경들이 눈앞에 나타났다가 사라졌다. 이곳에서의 생활은 섬에서와는 완전히 달랐다. 대체 그림자가 무엇이기에 그걸 잡으러 다니는 건지도 알 수 없었다. 카트리나는 그저 이 바다 저 바다를 오갈 뿐이었고, 그러다 보면 하루가 저물어 있었다. 그때였다. 길고 매끈한 무언가가 등허리를 스치는 기분이 들었다. 움직일 수 없을 정도로 강렬한 자극이 온몸을 훑었다. 나는 정신을 집중하고 그런 느낌에서 벗어나기를 기다렸다. 어쩌면 모든 건 내가 만들어낸 몽상인지도 몰랐다. 사실 나는 드럼통의 잔여 가스에 질식해 죽어가고 있는 것은 아닐까. 붉은 대문의 희미한 조명 아래 앉아 오가는 사람에게 약을 구걸하며 환락에 젖어 있는 건 아닐까.

누군가 나의 이름을 불렀다. 어디선가 들어본 목소리였기에 나는 눈을 번뜩이며 주위를 둘러보았다. 다시금 익숙한 어둠이 나를 짓눌러댔다. 나는 침대에서 빠져나와 외투를 걸쳐 입고 갑판으로 나갔다. 물결은 저녁 무렵과 다름없이 잔잔했다. 어둠이 사방으로 팽창하는 밤이었다.

다시, 이번에는 바로 귓가에서 들려왔다. 그러나 선수와 선미, 지하로 통하는 계단에는 아무도 없었다. 나는 갑판 끝으로 걸어가서 선측 난간을 붙잡으며 허리를 숙였다. 옅은 조명 빛에 반사된 배 그림자가 나타났다 지워지길 반복했다. 배 그림자는 점점 진해지고 있었다. 공기를 베듯 차가운 기류가 나를 감싸 안았다. 목소리는 바로 그곳에서 들려왔다. 물속에서 무언가 떠오르는 게 보였다. 천천히 올라오던 그것은 수면 위로 형체를 드러냈다. 사람의 얼굴 윤곽이 드러났고, 이마와 눈과 코와 입이 나타났다. 그건 나의 얼굴이었다. 나는 나를 바라보고 있었다. 부릅뜬 두 눈과 선한 눈매는 나에게 호의를 가진 표정이었다. 우리는 조금씩 가까워지고 있었다. 그때였다. 등 뒤에서 날 선 기척이 느껴지더니, 쐭 하는 소리와 함께 귀를 스치며 무언가 빠르게 날아갔다. 작살이었다.

나의 얼굴은 물밑으로 숨어버렸다. 그도 잠시 바다에서 무언가 솟구치더니 목을 휘감았다. 나는 숨을 쉴 수가 없었다. 그것은 연체동물의 신체 같았다. 나는 두 손을 난간에 지탱한 채 목을 휘감은 점액질의 생명체에게서 벗어나려 했다. 생명체는 더욱더 강하게 목을 조여가며 나를 배에서 끌어내리려 했다. 작살총이 발사되는 소리가 몇 번이나 들려왔다. 세컨드, 세컨드. 나를 부르는 목소리가 흩어졌다. 나는 가까스로 의식을 붙들고 있었다. 그림자는 귓가에서 나의 이름을 부르고 있었다. 작살이 쏟아지자 결국 내 목을 압박하던 미끄덩한 신체가 스르륵 풀리더니 바다 아래로 사라졌다.

"작살."

창이 외쳤다. 그는 어느 때보다 다급해 보였다. 그 사이 올스가 바다를 향해서 작살을 쏘았다. 금빛 작살이 일직선으로 날아가 꽂혔다. 괴생명체의 몸이 뒤틀렸다. 작살 밧줄이 팽팽해졌다. 올스와 창이 작살총을 붙잡지 않았더라면 순식간에 바다로 튕겨나갔을 것이었다. 그것은 배를 끌고 갈 정도로 힘이 거셌다. 어느 순간 밧줄이 느슨해지더니, 그 물컹한 생명체의 꼬리가 갑판 끝에 서 있던 니뇨의 몸을 낚아채어 바다 아래로 사라졌다. 순식간에 벌어진 일이었다.

"세컨드."

올스가 소리쳤다. 작살총을 발사하라는 신호였다. 나는 괴생명체를 향해 신중하게 작살총을 겨누었다. 자칫 잘못하다가는 니뇨를 쏘게 될 수도 있었다. 프랭크가 합류해 작살에 연결된 밧줄을 끌어당기기 시작했다. 밧줄이 조금씩 감겨 올라왔다. 괴생명체는 사람의 상을 하고 있었다. 누군가 그림자다, 하고 외쳤다. 나의 그림자가 니뇨를 꼭 끌어안고 놓아주지 않았다.

"지금이야."

창이 소리쳤다.

"어서 작살총을 쏴."

프랭크와 올스도 더는 버티기 힘든 듯 보였다.

"너를 데리러 온 유령이란 말이다. 어서 쏴버려. 그러지 않으면 우리를 잡아먹을 거다."

그러나 나는 나의 그림자를 향해 작살을 쏠 수가

없었다.

"못하겠어요."

나는 울먹이다시피 말했다. 선원들은 나를 원망의 눈길로 바라보았다. 나는 방아쇠를 힘주어 당겼다. 황금빛 작살이 일직선으로 날아가 그림자의 어깨에 명중했다.

카트리나의 선원들은 작살을 끌어올려 니뇨를 구했다. 숨을 헐떡거리던 니뇨는 이내 정신을 되찾았다. 올스는 그림자를 그물로 포획해 드럼통에 가둬두었다.

선원들은 합이 잘 맞는 친구가 새로 왔다며 내게 호감을 표했다. 그러나 나는 조금도 기쁘지 않았다. 갑판 위를 지날 때마다 자신을 풀어달라고 애원하는 그림자의 목소리에는 어딘가 모를 슬픔이 깃들어 있었다. 다른 선원들은 아랑곳하지 않는 것 같았다. 어쩌면 그 소리는 내게만 들리는 것인지도 몰랐다. 나는 그림자의 목소리를 모른 척하며 지내려고 했다. 그러던 어느 밤에 나는 그림자를 풀어주었다. 내가 그림자를 유인하기 위한 미끼였던 건지도 모른다는 생각이 들어서였다. 새로운 선원이 편입될 때까지 나는 나의 그림자를 팔아넘겨야 할 처지인 것이다. 어디를 가더라도 막다른 낭떠러지였다. 나는 모두가 잠든 틈에 갑판 위로 올라가서 드럼통의 뚜껑을 열었다. 어둠 속에서 몸을 웅크리고 있던 그림자는 기지개를 켜며 일어났다. 그림자는 나를 멀뚱히 바라보더니 머리부터 천천히 집어삼켰다. 나는 저항하지 않았다. 몸이 무거워진 그림자는 갑판 위를 뒤뚱뒤뚱 걸어가 선측에 기대어 몸을 길게 늘어뜨렸다. 바다에는 그림자의 그림자가 비치고 있었다. 그림자는 자신의 그림자를 한참이나 응시하다가 바다로 뛰어들었다.

어디선가 들려오는 사람들의 왁자지껄한 웃음소리.
"여기가 어딘지 기억할까."
한 사내가 담배 연기를 얼굴로 내뿜는다.
"완전히 맛이 갔는걸."
눈앞은 온통 어둠. 기름 냄새가 풍겨온다.
"이제 일어나."
나는 바닥이 없는 어둠 속으로 낙하하는 중이다.

"이러다가 죽는 거 아니야?"

세상이 밝아졌다가 순식간에 흐려지고, 다시 밝아진다.

"어쩌다가 여기까지 오게 된 걸까요."

"어이, 어이."

깜박깜박.

"아무나 받아준 걸 보니, 붉은 대문도 한물갔군."

명멸하는 불빛.

"양을 너무 많이 준 거 아니야? 못 깨어나면 어떡하려고."

누군가 랜턴을 껐다 켜며, 동공을 살핀다.

"그렇게 요구했다더군. 깨어나지 않아도 좋다고."

질문하는 사람들. 구경하는 사람들.

"네가 누군지 기억은 하냐?"

저는.

"차 씨라고 하지 않았어? 이름이 유민인가, 그랬었는데."

"그러게 말이야. 정신이 어떻게 됐나본데?"

"하긴 미치지 않고서야 이런 델 오겠어?"

그림자는 어디에도 없다.

"자자, 이제 집에 갈 시간이다. 일어나."

나는 길고 긴 잠에서 깨어난다.

✦

심 선장은 긴 낭독이 끝났다는 걸 알리려는 듯 크게 숨을 삼켰다. 그는 기운을 다 소진한 사람처럼 지쳐 보였다. 화면 밖의 숨소리가 다시 생생하게 들리기 시작했고 잔잔한 박수 소리가 뒤이어서 들려왔다. 그는 숨을 길게 내뱉고는 화면에 보이지 않는 청중을 향해 고개를 숙였다. 규보는 영상 속 낭독회를 통해서 자신의 이야기를 하는 사람과 들어주는 사람 사이의 연대를 느끼고 있었다. 심 선장이 고개를 들자 어떤 일렁임이 비치는 것 같기도 했다.

영상은 거기까지였다. 심 선장은 마지막 장면 속에 정지되어 있었다.

아마도 심 선장은 이제 당신의 자리로 돌아가 긴

낭독의 열기를 식히며 다른 이의 낭독을 듣게 될 거였다.

정지된 화면 속 심 선장의 얼굴 위로 규보의 얼굴이 겹쳐졌다. 저 멀리서 희미하게 들려오는 뱃고동 소리처럼 심 선장의 이면이 규보에게 닿고 있었다. 규보는 심 선장의 이문(二門)에 대해서 생각했다. 아버지가 스스로 사라지길 원했다면, 그곳은 대체 어디일까.

돛과 배

규보는 이대로 심 선장을 영영 잃어버리는 건 아닌지 겁이 났다. 그러다가도 어느 날 천연스럽게 편의점 문을 열고 들어올 것만 같은 심 선장을 떠올리면 불안이 사그라들었다.

경찰 측에서 간간이 수사 과정에 대한 정보를 전해왔다. 규보는 담당 경관을 살갑게 대하기도 했고, 무능을 질타하기도 했다. 혼란스러운 감정을 감출 여력이 없었다. 심 선장을 배에서 끌어내리겠다던 규보의 결심보다 앞서서 심 선장 스스로 모든 것을 정리하고 있었는지도 몰랐다. 그러지 않고서야 유언장 같은 걸

쓰러 다니지는 않았을 것이다.

무성호의 기름 주문은 끝 간 데 없이 밀리다가 결국 경쟁업체에 넘어가버렸다. 오래 관계를 맺어왔던 거래처들도 심 선장의 실종을 안타까워했지만, 그들로서도 마냥 기다려줄 수만은 없는 노릇이었다. 바다는 어디론가 흐르고 있고, 배는 운항을 멈출 수가 없다. 이는 물 위에서 살아가는 모든 것들의 숙명이었다. 규보는 섬의 곳곳을 돌아다녔다. 무성호가 묶여 있던 항구의 텅 빈 자리에는 다른 배가 정박해 있었다. 바다는 규보의 말을 조금도 되받지 않았다.

며칠 후에는 무성호를 봤다는 사람이 나타났다. 저물녘이면 무인도에 손님들을 실어 나르는 낚싯배 선장이었다. 그는 경찰 조사에 성실히 답했다.

"아니, 사람이 아니고서는 절대 풀 수 없는 매듭이 있다니깐. 어떤 태풍이 와도 절대 안 풀리지. 게다가 심 선장님이 얼마나 꼼꼼했는데요."

형사는 그걸 받아 적었다.

"선장님이 있었냐고? 있었겠죠. 어떻게 배가 저 홀

로 나가요. 아무튼 그 배가 저 바다로 떠나가는 걸 보면서 나도 모르게 손을 흔들었어요. 그랬어요."

규보가 실종자 전단을 항구 곳곳에 붙이러 다니는 동안, 아르바이트생이 매니저를 자처하며 편의점을 도맡았다.

"여긴 밤낮도 없고, 항구에서 제일 밝고 투명한 곳이니 꼭 찾아오실 거예요."

그의 순수한 위로가 오히려 규보의 마음 한구석을 찌르는 듯했다. 규보는 편의점 일이 기름배를 모는 일보다 나은지 묻던 심 선장의 모습이 떠올랐다. 단순히 무성호에서의 짧은 선원 생활을 그만두었기 때문에 그 말을 한 게 아닌 듯했다. 심 선장은 규보를 향해 자신과는 다른 선택을 할 줄 알았다며 쓸쓸함을 감추지 않았다. 심 선장에게는 무성호와 편의점이 매한가지로 보였던 것일까. 규보는 공허한 기분에서 빠져나올 수가 없었다.

규보는 편의점 외벽에 며칠 전부터 붙어 있던 전

시 포스터를 그제야 보게 되었다. 산호색 바탕에 적힌 '돛과 배'라는 옛 서체를 몇 번이나 지나치고도 눈길이 닿지 않았다. 포스터 하단에는 작가의 이름과 전시 정보가 적혀 있었다. 외벽에는 세입자를 구한다는 부동산 전단과 학원 홍보지, 심 선장의 사진이 인쇄된 실종자 전단이 나란히 붙어 있었다. 그동안 그걸 어떻게 지나쳐버린 건가, 의아할 정도였다. 보고 싶은 것만 봤기 때문일 것이다. 듣고 싶은 것만 들었기 때문일 것이다. 심 선장이 허풍 섞인 말을 늘어놓았을 때, 그 말에 귀를 기울이고 더 자세히 묻고 따져들었다면 결과는 달라졌을까. 후회해봤자 소용없었다. 그 순간에도 시간은 흐르고 있었다. 규보는 더는 지체해선 안 된다는 걸 누구보다도 잘 알고 있었다.

깡깡이 예술마을 전시 센터에는 '전시 준비 중'이라는 공고가 붙어 있었다. 전시 시작일은 일주일 후였다. 그 날짜만 마냥 기다릴 수는 없었다. 이리저리 수소문한 끝에 알아낸 조강우의 작업실은 깡깡이 마을 내에 있었다. 시에서 건물을 매입해 예술가들에게 빌려주는 레지던시 프로그램을 운영하는데, 조강우는 입주 작가로 초청된 예술가였다. 그의 작업실은 깡깡이 마을 입구의 오래된 건물 3층이었다. 조강우는 규보를 응접실로 안내했다.

"언젠가 한 번은 만나게 될 거라고 생각하고 있었어요. 많이 닮았군요."

조강우는 백발의 노신사였다. 그는 감색 정장에 넥타이를 매고 있었다. 외형만으로는 그의 직업을 짐작할 수 없을 정도로 단정하고 맵시가 있었다. 실내를 둘러보는 규보에게 조강우는 이곳은 프로젝트를 위해서 임시로 지내는 공간이며, 전시가 끝나면 떠난다고 알려주었다. 응접실에는 소파가 디귿 자로 놓여 있고, 탁자 위에는 '항해'라고 적힌 책이 덩그러니 올려져 있었다. 벽에는 커다란 세계지도가 한 장 걸려 있었는데, 오랫동안 아무도 사용하지 않아 시간이 멈춘 것만 같은 그런 공간이었다.

한차례 전화로 사정을 주고받았지만, 규보는 그간의 일들을 상세히 되짚었다. 심 선장에게 어떤 점을

우려했으며, 언제부터 알츠하이머 증세를 보여왔는지. 규보는 그런 말을 하는 중에 허풍 섞인 무용담을 곧잘 들려주다가도 슬픈 눈이 되어 자신을 바라보던 심 선장의 모습이 떠올랐다.

"그리고 이건 아버지가 소설을 낭독하는 영상입니다."

규보는 '소설'이라고 말했다. 그걸 한 원장이 주장하는 대로 유언장이라고 얘기할 수가 없었다. 심 선장은 어떤 이유에서인지 이문이라는 공간을 방문했고, 몇 개월에 걸쳐서 그곳에 모인 사람들과 함께 글쓰기를 해나갔다. 조강우는 안주머니에서 검은 뿔테 안경을 꺼내어 썼다.

조강우가 낭독회 영상을 보고 있는 동안 규보는 창가로 다가가 항구의 낮은 풍경을 바라보았다. 노트북 스피커를 통해서 심 선장의 목소리가 나지막이 들려왔다. 규보는 벌써 몇 번이나 돌려본 영상이었다. 창 너머 바다에는 물비늘이 넘실거리고 있었다. 어떤 시간대의 바다는 거대한 물고기의 표피 같기도 했다.

바다의 오후가 느리게 흐르고 있었다. 심 선장의 목소리가 텅 빈 작업실 내에서 울리고 있었다. 규보는 이젠 거의 다 외울 수 있을 정도로 문장 하나하나가 익숙했다. 작은 배들이 수시로 오가며 물결을 만들어 나갔다.

영상이 끝나자 그가 안경을 벗더니 테를 손가락으로 매만졌다. 조강우가 커피를 권했지만, 규보는 사양했다. 그는 한참을 생각에 잠겨 있었다. 규보는 괜스레 조급해져 입을 열었다.

"영상을 보시면, 이상한 점이 한둘이 아닙니다."

"그래요. 평소의 선장님과 달리 다른 사람을 연기하고 있다는 느낌마저 드는군요."

조강우가 의아하다는 듯 말했다.

"아버지가 이러는 까닭을 어느 정도는 알고 계실 거라고 생각합니다."

그는 옷 주름을 바르게 펴더니 찻잔에 담긴 커피를 내려다봤다. 검은 액체가 미세하게 흔들리고 있었다.

"몇 해 전 이곳 깡깡이 예술마을에서 제게 연락해 왔을 때만 해도 저는 전시를 거절했어요. 그해에는

장기간 해외 출장이 잡혀 있었고, 고향이라는 단어가
제겐 특별한 감흥을 주는 게 아니기도 하고요. 여기
저기 떠돌아 다니는 게 이쪽의 일입니다. 전시장과
계약을 맺고, 그곳에서 프로젝트를 마치면 또 다른
전시장으로 떠나는 거죠. 서커스단처럼요."

조강우는 잔을 들고 커피를 한 모금 마셨다.

"심 선장님이 아니었다면, 이 프로젝트도 맡지 않
았을 겁니다. 이번 전시는 제 아이디어가 아니었습니
다. 우리가 다시 만나게 된 이후로도 선장님이 전화
해서 나를 부르는 일은 잘 없었습니다. 그래서 만나
자고 요청해왔을 때, 무슨 일이 생긴 건 아닐까 하고
우려되는 마음에 모든 일정을 취소하고 휴가차 이곳
에 내려왔습니다. 나는 섬의 초입에서 선장님을 만났
습니다. 우리는 걸어서 다리를 건너 깡깡이 마을 항
구에 묶여 있는 선박들 앞을 지나쳤습니다. 선장님이
나를 무성호로 이끌더군요. 그날은 해가 좋았습니다.
술이 절로 생각날 정도로. 다행이라고 생각했어요.
적어도 급박한 일은 아니구나 싶었습니다. 예전에는
서로 얼굴 보기가 껄끄럽던 시기도 있었거든요. 그래

서 우린 그 시절에 대해서는 될 수 있으면 함구했습니다. 괜히 서로의 마음을 복잡하게 만들 필요는 없으니까요. 선장님이 항구에 정박한 무성호 앞에서 이 배의 표정이 어떠하냐고 물어왔습니다. 선원들 말고는 배를 마주 볼 일이 잘 없잖아요. 난 섬 출신이지만, 그런 걸 상상하지도 못했습니다. 배가 웃는 상인지 울상인지 물어보더군요. 선장님이 웃고 있으니, 배도 웃고 있는 것처럼 보였는데, 줄에 묶여 슬프지 않으냐고 하자 또 그리 보이는 겁니다. 자동차도 브랜드마다, 라이트나 그릴의 모양마다 특유의 얼굴이 나타나잖아요. 배라고 어디 다르겠습니까. 무성호도 정말 표정이라는 걸 가졌더라고요. 그래서 항구에 가만히 선 채로 한참을 보았습니다. 그 순간 제 시선을 사로잡는 게 있었습니다. 선장님을 닮은 배의 얼굴이 보이는 겁니다. 그래서 내가 선장님에게 뱃머리에 올라가서 한번 서보라고 했습니다. 처음에는 한사코 거절하더니, 몇 차례나 부탁하자 결국 뱃머리에 올라가서 섰어요. 나는 여태까진 선장이 배를 이끈다고 생각했는데, 그게 아니라는 걸 알았어요. 배도 선장을 이끎니다. 운명처럼 서로를 당기는 거예요. 전시 주제가 곧장 떠올랐습니다. '돛과 배', 돛이 배를 이끌고, 배가 돛을 이끄는 겁니다. 서로가 서로의 얼굴을 닮아가듯 그렇게 살아온 거예요. 나는 가만히 그 얼굴을 바라보며 셔터를 눌렀습니다. 그러니 이건 엄밀히 말해 내 전시라고 할 수만은 없습니다. 선장님이 작가이고, 항구의 모든 배들이 프로젝트의 주인공입니다."

조강우는 자신이 준비하는 전시에 몰입해 있었다. 그러나 규보는 그런 설명을 들으러 온 게 아니었다.

"사라지기 며칠 전에 이걸 제게 전해준 사람은 아버지였어요."

규보는 전시회의 홍보 포스터를 보여줬다.

그의 표정이 달라지는 걸 규보는 알아차렸다. 조강우는 여태까지와는 다른 큰 숨을 여러 번 내쉬었다.

"계획된 거라고 생각하셨겠군요. ……먼 옛날이었어요. 저에게 부탁한 게 있습니다. 혹여나 자기에게 무슨 일이 생기면 어머니를 좀 챙겨달라고요. 규보 군 할머니 말입니다."

규보는 할머니를 만난 적이 없었다. 심 선장이 젊은 시절에 돌아가셨다는 것 정도만 들어서 알고 있었다.

"나도 어렸고, 누구를 챙기거나 그럴 상황이 아니었습니다. 그때만 해도 선장님은 부두에서 하역 일을 하고 있었어요. 나는 한참 사춘기였고요. 규보 군 할머니는 일찍이 몸이 좀 아팠습니다. 병원비는 또 벌어야 하니까 형님은 부두로 나가야 했고요."

그가 심 선장을 형님이라고 고쳐 부르기 시작했다. 다만 호칭이 바뀌었을 뿐인데도 규보는 그걸 민감하게 받아들였다.

"저희 어머니가 요양보호사였거든요. 그래서 형님이 저에게 살갑게 대하곤 했습니다. 너 내 동생 하자, 먼 훗날 아이를 낳으면 네가 작은아버지다, 내가 큰아버지고, 이런 얘기를 하며 술도 마시곤 했죠."

해가 내려앉았다. 처음 이곳에 들어왔을 때와는 달리 그는 조금 늙어버린 얼굴을 하고 있었다.

"누구나 그런 시절을 지나올 테지만, 십대 시절의 나는 유별나게 반항적이었습니다. 몇 번이나 죽으려고 했어요. 그때는 불행 때문에 그랬다고 생각했는데, 아니었어요. 무지렁이일 뿐이었어요. 저 다리에서 뛰어내리려고 했으니까. 그게 버젓이 다른 살림을 차린 아버지에게 복수하는 유일한 방법이라고 생각했습니다. 정말 죽을 생각밖에 안 했습니다. 죽는 게내 인생에서 가장 중요한 일처럼 여겨졌으니까요."

규보는 그의 얼굴을 다시금 쳐다보았다. 조강우는 몇십 년 전, 자신이 경험한 한 시절의 이야기를 하고 있었다.

"내가 뛰어내리려는 걸 가까스로 붙잡아 말린 게 형님의 어머니였습니다. 그때 누군가 내 손을 잡아주지 않았다면, 난 지금 여기에 없었을 겁니다. 당연한 얘기겠지만."

그가 커피잔을 내려놓았다.

"그러고는 얼마 후에 돌아가셨어요. 형님은 어머니가 돌아가시자 상심이 컸을 겁니다. 우린 한동안 만나지 않았어요. 그게 전부 나 때문이라는 생각이 들었습니다. 지은 죄가 너무 큰 것 같아서 연락할 수조차 없었지요. 나는 섬을 떠났습니다. 뒤도 돌아보지 않았어요. 서울로 가서 공부를 계속할 작정이었습니다. 그러다가 우연한 계기로 한 사진작가 아래에서 일을 배우게 되었고, 여기까지 오게 된 것입니다. 정신없이 살아버렸어요. 서로 생사도 모른 채로 속절없이 시간을 보내버렸습니다. 선장님을 다시 만난 건, 불과 몇 해 전입니다. 한 문화단체의 의뢰로 아카이빙 작업을 하기 위해 섬에 들어왔을 때였습니다. 처음에는 서로 알아보지도 못했습니다. 항구에서 스쳐지나가면서도 서로를 못 알아보았습니다. 며칠 뒤에 다시 이곳을 찾았습니다. 이번에는 카메라를 들고 항구의 풍경을 찍고 있는데, 배 위에서 렌즈를 빤히 바라보는 사람이 있는 겁니다. 나를 알아본 것이었지요. 문득 나는 아이 같은 마음이 되어버렸습니다. 지난 일들을 복기하려면 술이 필요했죠. 그날 우리는 무성호에서 지독하게도 마셨습니다. 선장님에게 잘 자란 아들이 있다는 것도 그때 알았습니다. 선장님에게 심각한 문제가 있다는 것도 그날 알게 되었고요."

규보는 심 선장에게 마음을 터놓을 지인이 있다는

사실을 전혀 모르고 있었다. 모르는 건 그뿐만이 아니었다. 누군가 심 선장에 대해 아는 게 대체 무엇인지를 물어본다면 규보는 아무런 답을 내놓을 수 없을 것 같은 두려움에 빠져들었다.

"선장이 되기 전까지만 해도 형님은 한동안 외항선 선원으로 지낸 모양이지요. 선원 대다수가 외국에서 긴 항해를 마치고 나면 우울증을 겪게 됩니다. 조용히 지나가는 분들도 계시겠습니다만, 그건 운이 좋은 경우입니다. 의처증에 힘들어하거나, 도착증세를 가진다거나, 폭력적으로 변하기도 합니다. 당연한 건지도 몰라요. 바다가 드넓고 자유롭다고 생각할 수도 있지만, 발을 딛고 선 곳은 한정적이잖아요. 그 좁은 배에서 몇십 명의 선원들이 구역을 나눠 살고 있었다고 생각해보면 미치지 않는 게 이상한 일입니다. 그런데 그 고통을 감수하면서 힘겹게 적응해왔던 뱃일을 쉽게 그만둘 수 있을까요. 세상에 무른 건 하나도 없습니다. 바다는 선원들을 쉽게 보내주지 않습니다. 그런 방식은 애초부터 없는 겁니다. 공짜란 없습니다. 팔을 내어줬으니, 다리를 달라는 식입니다."

그는 자신의 목소리가 점점 커지고 있다는 걸 알아
차렸는지, 감정을 추스르려는 듯 소파 등받이에 기대
어 잠시 천장을 바라보았다.

"형님은 한동안 극심한 우울증에 시달렸습니다. 처
음에는 그게 우울증인지도 모르고 있었을 겁니다. 무
엇보다도 형수가 돌아가신 일에 적지 않은 충격을 받
은 듯했습니다."

규보로서는 처음 듣는 이야기였다. 규보는 심 선장
이 어머니에 있어서만큼은 냉혈한이라 불러도 좋을
정도로 무뚝뚝한 사람이라고 생각하고 있었다. 어쩌
면 그 점이 언제나 규보와 거리를 두게 하는 계기로
작용한 건지도 몰랐다.

"그러던 중에 여기저기 돈을 조달해 무성호를 사들
여 유류선 사업을 시작한 모양입니다. 새로운 일을
시작하면 다시 예전처럼 힘이 생길 거라고 기대한 것
이겠죠. 열심히 살았을 겁니다. 원래 그런 성격이었
거든요. 항구에서는 명성을 얻어도 마음은 그게 아니
었나보더군요. 하루에도 몇 번이나 울음이 터져나오

는데, 울 수가 없었다고 제게 그런 말을 했습니다. 마도로스는 울지 않는다고. 바다가 다 눈물인데, 울어 무얼 하느냐고요. 혼자 긴 세월을 곪아왔던 겁니다. 저기 저 항구에 나가 있는 사람 누구나 붙잡고 껴안아보면 거기에 무너지지 않는 사람이 어디에 있을지. 타오를 듯 매서운 바다에서, 사람의 체온을 느끼면 무너집니다. 형님이 무너진 건, 규보 군 때문일 겁니다. 지켜야 할 사람이 생기면 우리는 저 자신마저 속이게 됩니다. 신비로운 일이지요."

심규보는 가슴이 미어지는 것만 같았다. 모든 게 처음 듣는 이야기였다. 먼바다에서 돌아온 심 선장을 피해 다니려고 한 어린 자신의 모습이 떠올랐다. 우울증을 앓고 있던 심 선장은 어떤 심정이었을까. 규보는 무슨 말이라도 꺼내야 할 것처럼 몇 번이나 입술을 열고 싶었다. 그러나 무슨 말을 해야 할지 한마디도 떠오르지 않았다.

"어느 날엔 술을 마시자고 불러내놓고, 한참 뜸을 들이더니 그러더라고요. 글을 쓰기 시작했다고요. 무얼 쓰고 있냐고 물으니, 자기 얘기를 쓴다는 겁니다.

아무래도 내가 이런 일을 하고 있다 보니 속 얘길 털어놓고 싶었던 거라고, 저도 그리 여겼습니다. 그래서 글을 써보니 어떻습니까, 하고 물었습니다. 좋은지, 나쁜지, 기쁜지, 슬픈지 그런 얘길 기대했어요. 그런데 의외였어요. 형님은 그땐 잘 몰랐던 사실을 알게 되었다고 했습니다. 무얼 알게 되었느냐고 다시 물으니, 그 큰 배에서 도망치고 싶어서 달아났는데 어디로도 도망치지 못했다고 그러더군요. 이 섬이 그 배라고. 자기가 거기서 벗어난 줄로만 알았는데, 조금도 벗어나지 못했다고 했습니다. 저는 당연히 외항선 선원으로 지내던 시절의 이야기를 하는 줄 알았습니다. 형님의 증세가 전보다 더 심각해지고 있다고 짐작이 되어서 저와 함께 여행이라도 떠나보는 게 어떻겠느냐고 제안해보았습니다. 좀 위태로워 보였으니까요. 평생에 휴가라는 걸 가보기나 했을까요. 항구에서 한평생 지낸다는 게 안타까웠습니다. 그러자 형님이 화를 내다시피 말하는 겁니다. 어디를 가도 결코 벗어날 수 없을 거라고요. 거기까지였어요. 더는 묻지도 못했고, 더는 위로하지도 못했습니다. 그래서 나는……."

그는 다음 말을 하기 위해서 망설였다. 규보는 기다렸다. 그를 재촉할 필요는 없었다. 심 선장을 되찾을 수만 있다면 밤을 새워 기다릴 수도 있었다. 그는 결심이 섰다는 듯 감은 눈을 천천히 뜨더니 규보를 물끄러미 쳐다보았다.

"나는 외국에 나갈 때마다 약을 처방받아 오곤 합니다. 우리나라는 처방에 기한을 두고 있기 때문이에요. 의존증에 대한 염려가 있지만 우선은 살아야 한다는 게 저의 생각이었어요. 그래서였습니다. 네덜란드에서 레지던시 프로그램을 마치고 돌아오는 길에 가져온 그 약을 형님에게 주었습니다. 그게 유일한 방법처럼 느껴졌어요. 형님은 일상을 찾아나가는 듯 보였습니다. 그러던 어느 날 더 많은 용량을 요구했고, 약이 떨어지자 여태까지의 과정이 아무런 소용이 없다는 걸 알아차렸습니다. 단번에 무너지더라고요."

규보는 혼란스러웠다. 심 선장에게 벌어진 일들을 어떤 마음으로 받아들여야 하는지 판단할 수가 없었다.

"아버지가 제 앞에서 슬픈 내색을 한 적은 한 번도 없었어요."

조강우는 마른침을 삼켰다. 그의 목소리도 규보의 몸처럼 떨려오고 있었다.

"그건 슬픈 게 아닙니다. 이 이야기에서는 누구도 슬프지 않아요. 시절이 그러했으니까요. 모두에게 불행한 시절이었죠."

그러더니 그의 시선은 탁자 위에 올려둔 《항해》라는 책으로 향했다.

"언젠가 나에게 이런 게 도착했어요. 내가 어디에 있는지 어떻게 알고 보낸 건지. 규보 군의 전화를 받고, 이 책이 떠올랐어요."

조강우는 그 책을 규보에게 건넸다. 책은 선원들의 수기를 모은 수필집인 듯했다. 수십 명의 필자가 짧은 에세이나 시를 실었고, 심 선장의 글은 거의 끝부분에 짧게 실려 있었다.

라스팔마스는 없다

초라했다. 아버지는 말이 없었다. 나도 입을 다물었다.

죽으러 왔니.

아버지가 물었다. 항변하듯. 난 물러서지 않았다. 물러서지 않고, 대답도 하지 않았다. 죽는다는 각오는 오래전에 했다. 선원이 되기로 결심한 후부터, 아버지가 죽었다고 생각한 날부터 죽음은 한낱 얼음덩어리에 불과했다. 우리의 밤은 여전히 초라했다. 아버지는 기침을 시작하자 멈추지 못했다. 나는 아버지가 죽을 병에 걸렸다는 걸 알았다. 죽기 전에 답을 했으면 한다. 왜 우리를 버리고 떠났습니까. 그러나 그런 물음은 이제 아무런 소용이 없다.

무얼 잡수셨어요.

아버지는 테킬라를 먹었다고 말했다. 테킬라. 그 이름이 참 상스럽게 들린다. 아버지가 군소를 삶아 먹고 싶다고 한다.

이런 데는 군소가 없죠?

그제야 아버지는 피식 웃으며 없는 게 없는데 하긴 없구나, 한다.

아버지는 늙고 초라하다. 나는 아버지에게 여기에서 죽을 거냐고 물으려다, 여기에서 살 거냐고 묻는다.

아버지는 여기서 죽을 거라고 말한다.

나는 아들이 막 태어났다고 고백한다.

그 말을 하러 여기까지 왔구나.

어머니가 돌아가셨다는 말은 하지 않기로 한다.

아버지는 말을 감추었다. 초라하게도.

나는 섬을 구경시켜달라고 했다.

아버지는 아버지가 만든 배를 타고 가자고 했다.

우리는 나란히 누워 잠들었다.

잠에서 깨어난 나는 밖으로 나가 사람들에게 노인이 어디 갔냐고 물었다.

사람들은 항구로 나가보라고 했다.

아버지는 항구에서 보트를 정비하고 있었다.

고작 이 배 만들려고 그랬습니까.

화가 치밀어올랐다.

고작 모터배 한 척 만들자고 우릴 다 버렸어요.

아버지는 시동을 걸고, 떠날 채비를 했다.

나는 배에 올라탔다.

아버지가 운항하는 배에 타보긴 처음이었다.

배는 잔소음 없이 정직하게 나아갔다.

파도가 배를 밀어주며 길을 터주는 것만 같았다.

너 이 섬 이름이 뭔지 아니.

라스팔마스 아닙니까.

아버지는 고개를 흔든다.

아니, 라스팔마스는 없다.

우리는 오랫동안 바다를 항해한다.

글은 그렇게 끝이 났다. 어느덧 항구에는 온통 붉은 빛이 스며들었다. 규보는 고개를 돌려 조금씩 이울어가는 노을을 바라보았다.

그럴 리가 없다는 걸 알면서도, 규보는 그 말을 기어코 뱉었다.

"라스팔마스로 갔을까요?"

그는 천천히 고개를 흔들며 규보를 바라보았다.

"아닐 겁니다."

조강우는 한쪽 벽면에 걸려 있는 세계지도 앞으로 다가갔다.

"그곳에 간다고 해서 달라질 게 있겠어요?"

그는 한참 동안 지도를 응시했다.

무성호

무성호

심만호
Sim Manho

Mixed Media on Canvas | 135x240cm | 2023

깡깡이 예술마을 전시 센터에서 조강우의 〈돛과 배〉 전시가 열렸다. 세로로 긴 사진에는 선박의 정면 얼굴과 뱃머리에 올라선 그 배의 선장들이 한 프레임에 담겨 있었다. 각각의 배 이름은 작품 제목이 되었다. 그러나 새하얀 전시장의 가장 넓은 벽면에는 〈무성호〉라는 작품의 캡션 보드만이 붙어 있을 뿐이었다. 사람들은 그 벽을 무심코 지나쳐갔다. 그저 벽이려니 생각하거나 어쩌다 캡션 보드를 발견한 관객이라 해도 아직 작품을 설치 준비 중인가 싶어 큰 관심을 두지 않았다. 그러나 천장에서 내리쬐고 있는 스포트 램프는 화이트큐브의 메인인 넓은 벽을 세심하게 비추고 있었다. 그 작품 앞에 밀봉된 서류 봉투가 놓인 건 전시회의 마지막 날이었다.

카트리나

"바다는 늘 거기에 있다. 물안개나 비구름이 잔뜩 낀 날에도, 해일이 일고 태풍이 쓸고 간 뒤에도. 성질 이 난 바다가 섬을 삼키려 들 때도 있었단다. 배를 뒤 집고, 사람을 삼키고, 억척스레 방파제를 넘어 모든 것을, 정말 모든 걸 아래로 끌어당겨 손 내밀 수 없는 지경까지 만들어놓고서야 직성이 풀리는 때가 있지. 그래도 시간이 지나면 바다는 마음을 바꾸고 자리로 돌아가. 해를 보드랍게 만지작거리거나 투명한 물빛 을 내어놓으며 이리 들어오라 하는 거야. 바다에는 거북이가 살고, 소라가 살고, 가자미가 성게가 해파리가 살고……, 그리고 거기에 네 아버지가 있어."

성주댁은 꿈에서 보았던 것들을 만호에게 이야기
하곤 했다. 어머니는 고열과 폐렴으로 늘 기력이 없
었지만, 만호에게 정작 걱정인 건 그 꿈이었다. 꿈이
어머니를 조금씩 갉아먹고 있는 것처럼 보였다.

여덟 개의 침실이 2열로 놓인 병실이었다. 병실 문
에는 '봉래'라고 적혀 있었다. 병실은 섬의 지명을 하
나씩 가지고 있었다. 청학, 봉래, 신선. 남성 환자의
병실은 남항, 영선, 동삼이었다. 섬만큼이나 오래된
그 지명은 환자들이 버릴 수 없는 고향이었다. 성주
댁은 봉래에서 가장 젊은 환자였다.

의사와 간호사가 상태를 체크하러 돌아다니면 여
기저기 앓는 소리가 들려왔다. 하룻밤 사이에 생사를
넘나드는 환자들도 있었고, 성주댁처럼 정신을 놓았
다가 언제 그랬냐는 듯 멀쩡해지는 환자도 있었다.
병실에는 요양보호사나 보호자가 수시로 드나들었
고, 만호도 그중 한 명이었다. 올해로 스물여섯이 된
만호는 벌써 그 병실에서 몇 개월째 성주댁을 보살피
고 있었다.

"아버지는 잘 지내고 있을 거예요."

언제부터였을까, 사람들은 과부인 만호의 어머니를 성주댁이라고 불렀다. 성주댁은 수리 조선소의 여성 인부를 지칭하는 깡깡이 아지매였고, 동네에서는 알아주는 여장부였다. 그러나 성주댁은 남편 없이 홀로 자식을 키우느라 몸이 성한 데가 없었다. 때때로 소일 삼아 어린 만호를 보자기에 품고 도킹한 배 밑으로 들어가 녹과 따개비를 제거하기도 했는데, 그게 결국 업이 되었다.

남편이 외항으로 떠난 이후 성주댁은 어렵사리 얻은 조선소 일에 맹목적으로 덤벼들었다. 일당으로 번 돈은 어린 만호의 입으로 들어갔다. 그러는 동안 가장 먼저 어깨가 굳고 다음으로 목이 딱딱해졌다. 성주댁은 낡은 선박에 스민 녹을 떼어내어 자신의 어깨와 목과 허리에 가져다 붙였다. 그걸 또 떼어내려면 벌어들인 돈의 곱절로 병원비를 대야 했다. 연골이 석회처럼 굳어버린다는 말에도 아랑곳하지 않았다. 기억이 굳어버린 뒤에는 대책을 낼 수조차 없었다. 귀 옆에서 깡깡 울리던 공허한 망치질이 성주댁의 머릿속을 마비시켰다고 동네 어른들은 혀를 찼다.

성주댁의 눈빛은 물안개에 가려진 저 너머를 보고 있는 듯 흐릿했다. 만호는 성주댁의 손을 붙잡았다. 꺼칠해진 그 손이 자신을 키워냈다는 걸 한 번도 잊은 적이 없었다. 그러나 그 손은 생기를 잃어버린 채였다. 만호는 손에 힘을 줘 더 세게 붙잡았다. 뭉근한 온기가 자장노래처럼 전해진 건지 성주댁의 눈이 스르르 감기더니 평온한 얼굴이 되었다. 꿈속이라면 몸이라도 자유롭지 않을까, 만호는 생각했다. 아픈 곳도 없고, 보고 싶은 아버지도 보고. 만호는 이불을 가슴 위로 덮어주고 병실을 빠져나갔다.

만호는 물양장 안쪽으로 걸어갔다. 도시의 조명등이 바다 위에서 흐릿하게 부서지고 있었다. 눈앞의 바다가 아니었다면, 여기가 섬이라는 게 전혀 실감나지 않았다. 바다 위로 새 다리와 헌 다리가 나란히 뻗어 있었다. 다리 위로 차들이 빠르게 지나다녔다. 섬사람들은 적갈색 철강제로 된 아치형 교각인 새 다리에는 도시 이름을 붙여 불렀고, 여러 차례 보수를 거친 일엽식 도개교인 헌 다리는 섬의 이름으로 불렀다. 움푹 들어가 있는 섬의 포구에서 바라보면 다리 두 개가 육지로 곧게 뻗어 있는데, 만호는 그게 제 다리처럼 생각된 적이 있었다. 두 다리를 육지 쪽으로 쭈욱 뻗어 버티고 선 모습처럼 느껴진 것이다. 그럴 때마다 만호는 제 몸이 거대한 섬의 일부 같기도 했다. 그렇다면 병원은 배꼽이었다. 그곳에 어머니가 있었다. 그런 상상을 할 때면 없던 기운이 샘솟기도 했다. 항구에서 드럼통을 옮길 때가 특히 그랬다. 200킬로그램이나 되는 드럼통은 도무지 꿈쩍도 안 했다. 요령이 있다면 한 발을 세워서 아래쪽에 괴고, 배꼽에 힘을 잔뜩 주며 당겨야지 가까스로 움직이는 정도였다.

포장마차에서 흘러나온 구수한 생선구이 냄새가 만호의 침샘을 자극했다. 그러고 보니 오늘도 저녁을 건너뛰었다. 성주댁의 몸이 그나마 성하던 몇 년 전만 해도 만호가 입맛이 없는 눈치면 이곳으로 나와서 국밥이나 자장면을 사주곤 했다. 먹는 게 최고의 행복이던 시절이었다. 그러나 성주댁은 이제 병원에서 차려준 식단만을 소화할 수 있을 뿐이었고 그마저도 남기거나 토하는 날이 많아졌다. 성주댁이 얼마나 더 버틸 수 있을지 만호는 알 수 없었다.

다리의 불빛이 물결에 넘실거렸다. 저기 저 바다 밑에는 성주댁의 말처럼 다른 세상이 존재하는지도 몰랐다. 병실에서는 간간이 뱃고동 소리를 들을 수 있었다. 희미하게 뱃고동이 울려퍼지면 성주댁은 금세 눈을 번뜩 뜨며 손거울을 찾아내어 머리를 매만졌다.

"네 아버지가 온다, 네 아버지가."

뱃고동 소리가 울리는 동안 성주댁은 어느 때보다 맑아 보였다.

성주댁이 급격히 쇠약해진 건 마을에 몇 가지 소동이 있고 나서였다. 만호와 한동네에 살던 조강우가 다리에서 뛰어내리려 한 사건도 그중 하나였다. 강우는 다리의 철제 난간을 넘어서서 주먹 쥔 손을 허공에 허우적거리며 소리를 내질렀다. 누구도 강우를 말릴 수 없을 것만 같았다. 그때 환자복을 입고 나타난 성주댁이 다리의 난간 위로 올라서더니 강우에게로 걸어갔다. 바람이 거세게 불었지만, 성주댁은 아랑곳하지 않았다. 밧줄에 몸을 매달고 선박 벽면에 붙은 따개비를 제거하던 젊은 나날처럼 성주댁은 태연하게 다리를 넘어 강우에게 갔다. 강우는 자신에게 다가오는 성주댁의 손길을 뿌리치지 못했다.

동네 사람들은 성주댁을 추어올렸다. 그러나 그날 성주댁이 다가서고 싶었던 대상은 잃어버린 지아비였다는 걸 아무도 알지 못했다. 이제 성주댁은 만호의 목소리를 간신히 알아들을 수 있을 뿐이었다. 눈을 껌벅이며 가까스로 의사를 전달할 수 있는 상태로 지내야 했다.

"아버지는 라스팔마스에 있대요."

이국의 지명이 만호에게 어렴풋이 남아 있었다. 그러나 만호는 여전히 그곳이 어디인지도 몰랐다.

"아버지를 만나고 올게요."

성주댁은 영영 대답이 없었다.

만호는 이제 향이 피어오르는 좁은 방에서 성주댁의 얼굴과 마주했다. 성주댁이 참 고운 사람이라는 걸 잊고 있었다는 사실을 조용히 깨달았다. 아버지는 성주댁이 세상을 떠난 걸 모를 것이었다. 아버지는 어디에 있을까. 만호는 허무한 수수께끼를 더는 풀고 싶지 않았다.

그 이후로는 모든 것이 단조롭게 흘러갔다. 장례식장에는 가깝게 지내던 환자들과 동네 사람 몇몇이 다녀갔을 뿐이었다. 만호는 상주 완장을 차고 벽에 기대어 앉아 있었다. 흘러내린 완장을 추켜올리자 만호는 비로소 혼자가 된 기분을 느꼈다.

✦

파도가 거칠게 부서지는 바다 저편으로 통선의 뱃머리가 나타났다가 사라졌다. 낡은 통선은 금방이라도 뒤집힐 것처럼 뒤뚱거렸지만 늙은 선장은 무심하게 키를 조정해나갔다. 선장 바로 뒤에는 만호가 앉아 있었다. 통선은 제 몸만 한 파도를 날카롭게 가르며 부두에 정박해 있는 선박 카트리나의 후미로 다가갔다. 선장은 시동을 끄고 파도의 결을 읽어나갔다.

선장이 카트리나의 후미에 매달려 있는 안전타이어에 밧줄을 묶는 동안 만호가 나무 막대를 들고 배의 침수부를 힘껏 두드렸다. 텅 텅 하는 소리가 저음으로 울려댔다.

멀리서부터 둥글고 환한 빛이 부두의 바다를 훑어대고 있었다. 등대의 광선이었다. 그러나 그 불빛은 카트리나의 그늘에 가려진 작은 배는 찾아내지 못했다. 만호는 숨죽인 채로 카트리나의 응답을 기다렸다.

"네 아비는 죽었다고 안 그랬나."

바람이 노선장의 거센 외침을 뭉개먹었다. 그러나 만호는 그 말을 또렷하게 알아들었다. 그러는 사이 배 위에서 밧줄 사다리가 내려왔다. 칼바람이 만호의 목덜미를 스쳐갔다.

"배가 섬에 다시 붙으면 인사드릴게요."

만호는 선장의 안주머니에 지폐를 몇 장 쑤셔넣었다. 선장은 배를 한번 올려다보며 의심에 찬 목소리로 말했다.

"가면 죽을 거다. 지금이라도 고마 돌아가자."

초로에 접어든 지도 오래전인 선장의 마지막 경고

였다. 순간적으로 허리가 지끈해지며 경련이 일었다. 어쩌면 만호도 짐작하고 있었겠지만 다른 사람에게, 그것도 항구에서 삭을 대로 곰삭은 노선장에게 그런 말을 들을 거라고는 예상하지 못했다. 큰바람이 부는 포구라는 뜻으로 이름이 붙은 대풍포(大風浦)에서 여태껏 통선 한 척으로 버티고 있는 서너 사람 중 제일 기세가 좋은 선장이었다. 날카로운 바람이 둘 사이를 가로질렀다. 그 순간 만호는 바다의 목소리를 엿들은 듯했다. 그 소리에 저도 모르게 이끌리고 있었다. 어쩌면 선장도 그걸 눈치채고 있었다. 만호는 고개를 들어 밧줄 사다리를 올려다보았다. 만호는 이제 선택해야만 했다. 노선장의 말이 기우이기를 바라는 수밖에 없었다. 어쩐지 이 여정을 반드시 통과해야 한다는 무모한 의지가 만호를 떠밀고 있었다. 진짜 선원이 되기 위한 의례 같은 거라고. 둘은 악수를 통해서 대화를 나눴다. 만호는 그러고 보니 그와 악수한 게 처음이라는 걸 알아차렸다.

"자, 갑시다."

선장은 만호가 사다리를 타고 올라가는 걸 쓸쓸하

게 바라보았다. 파도가 연이어 통선을 뒤흔들었다. 그는 만호가 배에 완전히 올라간 걸 확인하자마자 밧줄을 풀었다. 통선은 순식간에 파도에 떠밀려갔다. 선장은 뒤를 돌아보지 않고 섬을 향해 키를 돌렸다.

예사롭지 않은 바람이 불어대고 있었다. 무언가가 서로 맞부딪히며 덜커덩거렸다. 갑판 위에서 밧줄 사다리를 걷은 사람은 체격이 왜소한 늙은 선원이었다. 만호는 직감적으로 그가 이 배의 기관장이라는 걸 알아차렸다. 그는 갑판 중앙부의 데크하우스에서 지하로 통하는 계단을 걸어내려갔다. 기관장은 복도에서 보이는 첫 번째 선실로 안내한 뒤에 계단 위로 올라가버렸다.

선실 천장에는 뿌연 전등이 하나 매달려 있었다. 회색 카펫이 깔린 방이었다. 카펫에는 무거운 가구가 짓눌렸던 자국이 남아 있었다. 아무것도 없이 휑해 장정 몇이 몸을 누일 정도로는 충분했다. 문은 안과 밖 어디에서도 잠기지 않았다. 만호는 벽에 허리를 기대어 앉았다. 선체를 두드리는 파도 소리가 점점 더 요란하게 들려왔다.

"나는 최가(家)요. 거긴?"

바로 옆 선실이었다. 만호는 허리를 세웠다. 방음
이 되지 않아 가벽은 무용할 정도였다. 만호는 섣부
르게 말을 섞고 싶지 않았다.

"최낙수라고 합니다."

그가 다시 한번 만호에게 말을 걸어왔다. 만호는
가만히 있었다.

"닭띠요. 그쪽은?"

만호가 입을 다물고 있자 지하에 정체된 공기가 무
거운 침묵을 만들었다.

"귀먹었소?"

만호가 끝끝내 말이 없자 옆방은 조용해지는가 싶
더니 반대쪽 벽으로 다가가서 외쳤다.

"옆방에 샌님 하나가 들어왔나보다."

이어 깔깔대며 웃는 소리가 들려왔다.

카트리나의 굴뚝에서 연기가 솟아올랐다. 부둣가
에 물보라를 일으키던 선체는 뱃머리를 돌려 전진하

기 시작했다. 카트리나는 부두에서 멀어질수록 거친 파도를 부수며 속도를 높여나갔다. 바람이 배를 밀어 가속이 붙고 있었다. 부두에서 바라보면 마치 배 한 척이 어둠 속 저편으로 빨려들어가는 모습일 것이었다. 선상 브릿지에 몸을 숨기고 있던 갈매기 한 마리가 화들짝 놀라서 날개를 펼치며 달아났다. 아직 여명이 밝아오기 전이었다.

각종 내연 기관이 선체에 지속적인 진동을 만들어냈다. 세찬 엔진 소음이 속력을 대변했다. 배가 어디로 향하는지, 언제까지 나아가야 하는지, 얼마나 오랫동안 선실에서 기다려야 하는지 만호는 알 수 없었다. 파도가 배의 벽면을 때리고 있었다. 만호는 허리를 곧게 편 채 눈을 감았다. 얼마간의 시간이 지나자 폐쇄된 공기에 멀미 기운이 일었다. 구역질이 나올 것만 같았다. 먼바다에서 발생한 태풍이 낮은 중심기압으로 세력을 확장하고 있었다. 일부러 태풍이 오는 기간을 정해서 급히 선원을 모집하려던 이유가 있을 것이었다. 그러나 만호는 그런 것까지는 생각하지 않기로 했다. 성주댁이 아프지 않았더라면 만호는 진즉 선원이 되어 바다로 나갔을 터였다. 선원은 섬에서 목돈을 쥘 수 있는 유일한 경로였다. 이국의 바다에서 건조 기술을 배워오겠다며 떠난 아버지를 그토록 원망해놓고, 결국 만호에게도 바다밖에는 선택지가 없었다. 만호는 대양에서 돌아온 선원들이 보이면 곧잘 아버지의 이름을 대며 이것저것을 물어보고 다녔다. 그러나 그 시절, 섬에서 외항으로 나간 선원이 어디 한둘이었을까. 누구도 아버지를 알지 못했다.

옆방의 사내는 계속해서 무슨 말인가를 중얼대고 있었다.

"난 버스를 몰았어요."

그는 아예 혼잣말을 하는 듯했다.

"새벽 6시부터 저녁 6시까지 열두 시간을 운행해도 멀미 한 번 없었는데, 여긴 지옥이 따로 없군."

선실 문이 다시 열리더니 기관장이 만호에게 안쪽으로 비켜 앉으라고 손짓했다. 청년 하나가 선실로 들어왔다. 키가 제법 크고 머리카락이 짧았다. 한눈에 봐도 만호보다는 어려 보였다. 스무 살이나 갓 지

낯을까. 그는 선실에 들어오자마자 털썩 주저앉더니 눈을 감았다. 몰골이 엉망이었다.

만호는 점퍼를 벗어서 그에게 덮어주었다. 그는 금세 잠들어버렸다.

"누가 또 왔나보네?"

옆방의 목소리가 벽을 타고, 바로 옆에 있는 듯 생경하게 들려왔다.

"거긴 말귀를 좀 알아듣겠지?"

비아냥거리는 투였다.

"잠들었습니다."

만호는 하는 수 없이 그의 말을 되받았다.

"난 또 벌써 뒤진 줄 알았네. 몇 시간째 이러고 있으니, 갑갑해서 그래요. 진작 대답이나 해줬으면 좋지 않았겠어?"

"조용히 좀 하시죠."

만호가 뇌까렸다.

"성깔도 있네."

선실의 문이 다시 열리자 옆방은 목소리를 감췄다. 늙은 기관장이 만호에게 따라오라는 손짓을 내보였다.

복도에는 양쪽으로 세 개씩 총 여섯 개의 선실이 있었다. 그중 하나는 냉동창고와 연결된 방열문이었다. 기관장은 복도 끝 정면으로 보이는 나비문을 열어젖히며 조리실로 들어섰다. 조리실은 선실 몇 개를 합쳐놓은 크기로 벽면에는 허리 높이의 은색 핸드레일이 둘려 있었다. 기관장은 주먹밥 네 덩이를 양푼에 담았다. 그 순간 배가 불규칙적으로 흔들렸다. 만호는 본능적으로 핸드레일을 붙잡았다. 기관장은 양쪽 무릎을 번갈아 굽히는 것만으로도 균형을 잡아냈다. 이내 기우뚱하던 배가 바르게 섰다. 그가 조리실을 빠져나가자 문짝이 녹슨 쇳소리를 내며 힘없이 팔랑거렸다.

만호는 기관장을 대신해서 3호실의 문을 두드렸다. 문틈이 조금 열리더니 두꺼운 손이 불쑥 튀어나왔다. 만호는 아직 온기가 남은 주먹밥 한 덩이를 건넸다. 무뚝뚝한 손이 그걸 낚아챘다. 다시 문이 닫혔다. 만호는 2호실 앞에서 노크하길 망설이다가 첫 번째 방으로 돌아왔다. 청년은 아직 잠들어 있었다. 만호는 주먹밥 두 덩이를 선실 한쪽에 두고, 2호실 앞에 양푼을 올려두었다.

"문 앞에 밥 가져다놨습니다. 몇 분이 계신지 모르지만 넉넉하게 드리지 못해 죄송합니다."

이내 옆방 문이 열리는 소리가 들렸다.

만호가 주먹밥 하나를 다 먹을 때까지도 청년은 깨어나지 않았다. 어떤 사정이 있는 건지는 몰라도 청년의 행색이 만호에겐 여간 신경 쓰이는 게 아니었다.

성주댁이 유명을 달리했을 때, 만호 역시 제정신이 아니었다. 매일 같이 술에 절어 지냈다. 만호는 이제 병원의 휴게실에서 잠들 일이 없었다. 길었던 병원 생활은 단숨에 정리되었다. 병원비가 나갈 일이 없으니 부두의 하역 일도 그만두었다. 집 안에 틀어박혀 바깥으로 나오지도 않았다. 꼭 해야 할 일이나 만나야 할 사람도 없었다. TV를 보다가 지루해지면 잠을 잤고, 일어나면 술을 마시거나 TV를 봤다. 그러던 어느 날이었다. 어디선가 길고 질긴 뱃고동 소리가 들리더니 마치 그게 신호라도 되는 듯 어떤 목소리가 출현했다. 만호가 잘 아는 목소리였다. 그 목소리는 만호를 꾸짖기 시작했다. 만호는 목소리의 호통이 더 없이 다정하게 느껴져 오랫동안 잠들지 못했다. 다음 날부터 만호는 다시 일을 찾아다녔다. 부두의 하역작 업부터 모래 배 노동자, 낚싯배 기관사와 엔진 수리 기사까지 거치며 바다와 가까워지고 있었다. 만호는 이제 더 큰 바다로 나가고 싶었다.

만호는 청년에게 물이라도 떠다 줄 작정으로 선실 을 빠져나왔다. 2호실 앞에는 빈 양푼이 놓여 있었다. 만호는 양푼을 들고 조리실로 향했다. 카트리나는 파 도와 대적하며 고속으로 전진하는 중이었다. 만호는 늙은 기관장이 했던 대로 양쪽 무릎을 번갈아 굽혀가 며 균형을 잡아나갔다. 차차 익숙해질 수 있을 것이 었다. 갑판으로 올라가는 통로 입구에는 희미하게나 마 빛이 들어오고 있었다. 그 몽롱한 빛을 보고 있자 니 어둡고 긴 지하의 복도가 비현실적으로 느껴졌다. 바닥이 기우뚱한 이곳이 배 안이라는 게 여전히 믿기 지 않았다.

조리실에는 아무도 없었다. 조리대 너머로 크고 작 은 종류의 칼이 마그네틱 바에 붙어 있는 게 보였다.

그 옆으로 각종 조리도구가 걸려 있었다. 커다란 나무 수납장과 각종 부식이 들어 있을 냉장고, 플라스틱 의자와 철제 선반, 조리용 화구와 개수대도 깔끔하게 정돈되어 있었다. 만호가 개수대 앞에 서서 수도꼭지를 틀어 물맛을 보려는 순간이었다. 갑자기 배가 큰 진폭으로 휘청거렸다. 그 바람에 조리도구들이 바닥으로 떨어졌다. 만호는 선반을 붙잡았다. 넘어지지 않으려고 안간힘을 썼지만, 배가 어딘가에 강하게 부딪힌 듯한 충격이 온몸으로 전해졌다. 만호는 핸드레일에 머리를 세게 박았다. 마그네틱 바에 걸린 칼들이 춤을 추듯 찰랑거렸다. 만호는 선실로 돌아가야 한다고 생각했지만, 다리가 움직이지 않았다. 무언가두 다리를 붙잡고 있는 듯 무거웠다. 머리가 어질어질했다. 속이 울렁거리기 시작했다. 거친 진동이 바닥을 뒤흔들다가 일순간 모든 게 정지했다. 누군가 음소거 버튼을 눌러버린 것처럼 조용해졌다. 시간마저 앗아간 듯한 정적이었다. 만호는 배가 암벽에 부딪혀서 가라앉고 있는지도 모른다는 생각이 들었다. 배의 밑바닥에 구멍이 뚫려 가라앉게 될 것이라고.

처음 느껴보는 공포에 온몸이 굳어버렸다. 어두운 바다가 세상을 휘감고, 입과 귀를 막고, 마침내 눈까지 가려서 무엇도 감각할 수 없게 만드는 것이다.

만호는 두려웠다. 그러나 그런 두려움은 한낱 징조에 지나지 않았다. 만호는 그런 일이 벌어질 거라고 은연히 짐작하고 있었다. 이 배에 탄 순간부터, 통선의 선장으로부터 경고를 받았을 때부터, 그렇게 예감이 현실로 오기까지의 비틀린 시간은 만호의 귓불을 날카롭게 베어냈다.

타앙, 타앙, 타앙, 타앙⋯⋯.

총성의 하울링이 울려퍼졌다. 몇 발이 울린 건지 만호는 정확히 세지 못했다. 소리는 지하의 복도를 통과해서 굴절되고 과장되게 들려왔다. 그 바람에 만호는 바로 옆에서 누군가 총을 쏘아댄 것처럼, 아니 그 총에 맞은 사람처럼 털썩 주저앉아버렸다.

배 안은 무심한 듯 조용해져 있었다. 조리실은 누군가 통째로 공기를 집어삼킨 것처럼 고요했다. 새벽의 여명은 아직 이 지하의 조리실로는 전달되지 않았다. 어쩌면 이곳은 영원히 지상의 빛이 들지 않는 그런 공간인지도 몰랐다. 만호는 벽을 더듬거리며 조리실을 빠져나왔다. 한 걸음 한 걸음 내밀 때마다 두방망이질 치는 심장 소리가 들려왔다. 갑판으로 이어지는 계단의 출입구, 저 가깝고도 먼 통로를 통해서 직사각형의 밝은 빛이 비스듬하게 쏟아져내렸다. 만호가 그 빛을 향해서 선실 앞까지 걸어왔을 때 누군가 통로를 가로막고 섰다. 거대한 실루엣은 압도적이었다. 만호는 큰 그림자가 통로에서 사라질 때까지 조금도 움직일 수가 없었다.

"들었습니까?"

3호실의 남자가 문을 열고 복도로 나왔다. 그의 얼굴에는 곰보가 잔뜩 피어 있었다. 눈이 가늘고, 목소리가 탁했다. 복도의 어두운 조명이 그를 낯선 존재로 밀어내고 있었다. 그는 만호보다 열 살 정도는 많아 보였다. 뼈가 굵은 몸집이었고, 그래서인지 바닥의 균형을 잘 잡고 서 있었다.

"시작되었나보군."

남자는 무슨 일이 일어난 건지 다 안다는 투로 말했다.

"옆방하고는 인사했습니까? 하도 시끄럽게 하길래 닥치라고 했더니 그 뒤론 조용하군요."

그가 2호실을 가리켰다.

"무슨 소리가 난 건지 아십니까?"

만호가 조심스레 물었다.

"짐작하는 대로일 겁니다. 일단 대기하라고 했으니, 방에 들어가 있어요. 때가 되면 부를 것 같으니까."

어느새 정신을 차린 청년은 선실로 돌아온 만호를 경계했다. 만호는 청년이 입고 있는 옷을 가리켰다.

"그 옷 제껍니다."

청년은 상황을 파악하려는 듯 선실을 이리저리 살폈다.

"여기가 어딘지는 알고 온 거죠? 정신 똑바로 차려야 할 겁니다."

"이봐. 나 최낙수요. 방금 총소리였죠?"

청년이 만호를 쳐다보았다.

"옆방에 있는 사람입니다. 우리와 같은 신세죠."

만호가 속삭이듯 말했다.

"다 들려요. 같은 신세는 무슨. 동지 아니겠어요. 그나저나 총소리 아니었소?"

총소리라는 말에 청년은 조금 놀란 모양이었다.

"우리끼리라도 잘 지내봅시다. 앞으로 어떻게 될지도 모르는데."

천장에서는 구둣발 소리가 텅텅 들려오고 있었다. 그 소리 때문이었을 것이다. 만호는 최낙수와 대적할 마음이 들지 않았다. 한 명이라도 더 뭉치는 게 현명한 방법인지도 몰랐다.

"저는 심만호라고 합니다."

"다른 한쪽은?"

"차유민입니다."

청년도 눈치껏 상황을 이해해나가는 듯했다.

"반가워요. 최낙숩니다. 여기 끝방 남자는 정영대라고 합디다. 그쪽도 별로 말수가 없어요. 성깔도 좀 있고. 아무튼 여차하면 우리끼리라도 힘을 합쳐야 하니깐, 이렇게 먼저 인사드리는 겁니다."

낙수의 목소리는 전보다 상기되어 있었다.

"섬에서 왔소?"

"그렇습니다."

유민이 먼저 답했다.

"심만호 씨도?"

"저도 그렇습니다."

"내 짐작이 맞네. 우리 전부 동향이니까 잘 지내봅
시다. 선장이 무슨 생각을 하고 있는지는 몰라도 우
선은 여기서 버텨봐야죠."

여전히 천장 위 갑판에서는 발걸음 소리가 분주하
게 들려왔다.

"저는 돈 벌려고 배에 탄 건 아니고, 사정이 좀 있습
니다. 오죽하면 버스 몰던 놈이 바다 한가운데에 떠
있다니 참 알다가도 모르겠습니다."

낙수는 아무래도 말 상대가 필요한 듯 보였다.

"아까도 말했지만, 나는 닭띠입니다. 내가 여기서
나이가 제일 많은 것 같아요. 선장보다 많을지도 모
르지요."

"버스를 몰 때도 나름 만족했습니다. 배도 뭐 그리 나쁘진 않지만."

낙수가 혼잣말을 이어갔다. 낙수는 선실의 벽을 바라보다가 점점 목소리를 낮췄다. 누구도 대꾸해주지 않았기 때문이었다. 그렇다고 해서 그가 말을 멈춘 건 아니었다. 낙수는 끊임없이 중얼거렸다. 만호가 이 배에 도착했을 때나, 선실 문이 열리고 안을 살피던 순간이나, 영대가 낙수를 향해 욕을 지껄이던 순간까지. 낙수는 멈추지 않았다. 말을 멈추면 누군가 말을 걸어왔기 때문이었다.

"돌아가신 우리 어머니가 그럽디다. 사내면 오줌을 싸도 바다를 향해서 싸라고. 더 넓은 세상으로 뻗어나가야 한다고. 그때만 해도 선원이 귀하다는 얘기만 들었지요. 목돈도 제법 쥐고, 세상살이에 걱정 놓아도 되고요. 사실 흙밭에서 산다는 게 팍팍하잖아요. 저 바다나 속절없이 보면서 유유자적 살면 얼마나 좋겠어요. 내 그래서 온 거지, 무슨 뜻이 있어서 여길 온 건 아니라고요."

낙수는 어두컴컴한 선실의 모서리를 바라보았다. 거기에 희멀건 유령의 형체가 비치는 것만 같았다. 낙수의 검은 눈동자가 천천히 움직여 다른 쪽 모서리에도 닿았다.

"여긴 너희가 살 만한 데가 아니다."

낙수는 한시도 제대로 잠을 잔 적이 없었다. 낙수가 가는 곳마다 그들이 따라와 어느 틈에 옆에 붙어 말을 걸어왔다. 낙수는 바다로 도망 나오면 될 거라고, 포악한 파도와 날카로운 바람이라면 그들을 찢어발길 수도 있다고 믿고 있었다. 그러나 카트리나에 탄 이후로도 그들의 목소리는 여지없이 들려왔다. 낙수는 종종 가위에 눌린 것처럼 근육이 경직되어 움직일 수가 없었다.

낙수는 한때 마을버스 기사였다. 특출한 야망을 품은 적은 한 번도 없었고, 평범함이 잘 어울리는 사람들을 줄 세워놓아도 가운데 정도 서 있을 사람이었다. 버스 기사도 그저 흘러가는 대로, 누군가 손 내미는 대로 이끌려 선택한 일이었다. 봉급이 크진 않아도 안정적인 생활에 대체로 만족하고 있었다. 무사고로 승진할 시 시내버스 기사로 승격한다는 기대가 그가 가져본 최고의 욕심이었다. 마을버스 기사들은 순번을 정하고 로테이션을 돌기 때문에 서로의 사정에 따라서 일도 바꿔주고 휴가도 그때그때 정하는 게 룰이었다. 낙수는 돌볼 가족이 없었기에 동료들의 부탁을 쉽게 들어주는 편이었다. 여느 때와 같이 새벽 운행 순번이 되어 버스에 올라탔는데, 전날 마감이었던 동갑내기 서 기사가 키를 꽂아두고 갔다는 걸 알게 되었다. 버스 안도 엉망이었다. 담배 재떨이로 쓴 캔음료까지 그대로 둔 채였다. 낙수는 서 기사에게 전화를 걸려다 참기로 했다. 동료들과 괜한 잘잘못을 가리다간 귀찮아질 것만 같아서였다. 그날 밤 서 기사에게 전화가 걸려오지 않았다면 모른 척 넘어갈 수도 있었다. 한적한 호프집으로 낙수를 부른 서 기사는 솔깃한 말을 건넸다. 마감 조 순번 때 로터리 약국 앞에서 몇 사람을 태운 뒤 차고지에 도착해선 그들만 남겨두고 돌아가면 된다는 것이었다. 수고비가 보름치 급여는 된다고 했다. 서 기사는 흰 봉투를 건네며 절반을 담았다고 했다.

낙수가 승낙한 건 돈 욕심이 나서가 아니었다. 곰 살맞은 서 기사의 은밀한 제안에서 오래도록 잊고 지 낸 우정의 감정을 느꼈기 때문이었다. 낙수는 친구를 사귀어본 적이 없었고, 그래서였을 것이다. 낙수가 마감 조에, 서 기사가 새벽 조에 배정된 건 그로부터 일주일 후였다. 낙수는 서 기사가 시킨 대로 로터리 약국쯤 와서 남아 있는 두 명의 손님에게 약을 좀 사 오겠다고 말한 뒤에 정차했다. 낙수가 다시 버스에 올라타자 손님이 두 명 더 늘어 있었다. 낙수는 남은 다섯 정거장을 평상시처럼 운행했고, 산복도로를 지 나쳐 산 중턱의 버스 종점에 정차했다. 그동안 한 명 이 내려 세 명이 남아 있었다. 남자 두 명에 여자 한 명이었다. 낙수는 차고지에 주차하고 시동을 껐다. 한 남자가 수고했다며 그에게 봉투를 건넸다. 낙수는 서 기사가 일러준 대로 차 키를 꽂아두고 차에서 내 렸다. 그들이 뭘 하는지는 좀체 짐작할 수가 없었다. 그대로 돌아 나와 집으로 가면 되는 쉬운 일이었다.

하지만 발걸음이 쉽사리 떨어지지 않았다. 룸미러로 본 여자가 꽤 매력적이었다는 게 그 상황을 묘하게 만들었다. 한 번도 맡아보지 못한 향기가 코끝에 진득하니 남아 있었다. 낙수는 근무일지에 '이상 무'라고 기록한 뒤에 화장실로 갔다. 소변기 앞에서 한참을 서 있다가 다시 밖으로 나왔다.

낙수는 허리를 잔뜩 숙인 채로 버스 뒤로 다가섰다. 사이드미러로 안을 슬쩍 보고만 올 작정이었다. 창가에서 담배 냄새가 풍겼다. 안에서는 조금 신이 난 한 남자의 목소리와 흥을 맞추려는 여자의 목소리가 동시에 들려왔다. 버스 안은 어두워 사이드미러로는 잘 보이지 않았지만, 무엇을 하고 있는지는 충분히 짐작할 수 있었다. '섰다'였다. 낙수도 섰다에 대해서는 몇 마디만 들어도 알 수 있었다. 기사들끼리도 추운 겨울날에는 점심 내기 정도로 버스 가운데에 좁은 판을 놓고 몇 번 논 적이 있었다. 그게 무슨 흉한 일이라고 이렇게까지 해야 할 일이란 말인가. 낙수는 허무하기 짝이 없었다. 이미 봉투는 챙겼고, 이제 남은 건 서 기사에게 맡기면 될 터였다. 그렇게 돌아 나오려던 차였다.

단말마의 비명이었다. 누군가 육중한 소리를 내며 쓰러졌다. 이어 여자의 비명이 길고도 질기게 울려퍼졌다. 그러나 버스 종점을 품고 있던 산 중턱의 어둠은 모든 소리를 삼켜버렸다. 이제 버스 안에서는 아무런 소리가 들리지 않았다. 낙수는 사이드미러로 안을 살폈다. 남자가 식칼을 들고 있는 게 보였다. 분명 버스 안에 타고 있던 사람 중 한 명이었다. 그도 거울을 통해서 낙수를 쳐다보았다. 낙수는 숨이 멎을 듯했다. 도망가려 했지만, 발이 말을 듣지 않았다. 버스에서 내린 남자는 고꾸라져 있는 낙수를 향해 손을 내밀었다.

낙수는 이제 남자가 시킨 대로 버스 안으로 들어가서 시동을 걸었다. 남자는 칼끝으로 길을 안내했다. 근방의 샛길까지 꿰고 있는 듯했지만, 두 갈래에서 길을 잘못 들어섰는지 미안하다고, 돌아 나와달라고 했다. 낙수는 순간 남자가 친절하다고 생각했다. 어떤 오해와 사정으로 이런 비극이 벌어진 건 아닌지 묻고 싶은 충동마저 들었다. 그제야 낙수는 그를 힐

끔 쳐다보았다. 시뻘겋게 충혈된 남자의 눈에서 눈물
이 흐르고 있었다. 낙수는 저도 모르게 괜찮아요, 하
고 말해버렸다. 그러자 남자는 억울한 일을 당한 아이
처럼 서글프게 울어댔다. 사실 낙수도 왜 그런 말을
한 건지 알 수 없었다. 어쩌면 그건 자신에게 하는 말
인지도 몰랐다. 한적한 야산으로 버스를 끌고 간 낙수
는 남자를 도와서 시신을 묻었다. 남자는 버스에 있던
돈뭉치를 낙수에게 건네고선 산속으로 사라졌다.

　혼비백산이 되어 차고지로 돌아온 낙수는 해가 뜰
때까지 버스를 세척하고 마른걸레로 구석구석 흔적
을 없앴다. 버스에서 나온 화투장과 담배꽁초는 기사
들이 불을 피워놓고 손을 쬐는 드럼통 안에 넣고 태
웠다. 입고 있던 옷도 모두 불태웠다. 그 뒤에 예비로
사물함에 넣어둔 운동복을 입고 시내까지 걸어 내려
가 그곳에서 택시를 탔다. 남자가 건네준 돈뭉치를
품고서였다. 이미 벌어진 일은 어쩔 수가 없었다. 혹
여나 경찰 수사에 걸려 죄를 묻는다고 해도 협박을
당해서 시키는 대로 했다고 말할 작정이었다. 낙수는
다음날 버스 회사에 사표를 보냈고, 곧장 수리되었

다. 낙수가 왜 그만두는지 물어오는 사람은 없었다.

"내가 뭘 잘못했다고 그래."

낙수가 모서리를 바라보며 소리쳤다. 그는 온몸을 벌벌 떨었다.

"입 닥치고 조용히 좀 하라고."

3호실의 남자가 벽을 치며 소리쳤다. 그 말에 유령의 그림자가 샅샅이 흩어졌다. 낙수는 그제야 마음이 안정되었다.

2호실의 남자는 끊임없이 중얼거리며 누군가와 대화를 나눴다. 맥락도 없이 신음이 터져나올 때도 있었다. 쩔쩔매다가 싹싹 빌기까지 했다. 영대는 저런 한심한 치와 항해해야 할 정도로 인생이 고꾸라진 자신이 불쌍하게 느껴졌다.

영대는 돈방석에 앉는 게 어떤 기분인지 알 수 있을 정도로 잘나가던 시절이 있었다. 영대가 탄 배가 그물을 던지기만 하면 허리가 휘지 않은 일급 멸치들이 서로의 몸에 엉기어 올라왔던 호시절이.

영대는 한때 물빛을 읽을 수 있는 진정한 바다 사

나이로 소문이 나기도 했다. 수천만 원을 주고 설비한 신식 어탐기보다 훨씬 낫다는 선장도 있었다. 영대를 스카우트하기 위해서 뒷돈을 제법 쓴 최 선장도 그중 한 명이었다. 영대와 한 계절 배를 타면 그야말로 풍어였기 때문이었다.

얼굴에 잔뜩 핀 곰보 자국 때문인지 은근히 영대를 무시하는 치들도 있었지만, 함께 배라도 탔다가는 질릴 만큼 혼이 빠져 바다를 떠나는 이들이 대다수였다. 그러나 영대가 벌어들이는 수입이 어느 정도인지, 대가가 얼마만큼인지 알고 나면 서로들 그 줄을 잡으려고 안달이었다. 몇 년만 잘 보내면 고향으로 돌아가서 땅을 살 정도였다. 그랬기 때문에 영대의 기행에도 쉬쉬할 수밖에 없었다.

밤이 오면 영대는 선원들이 쓰는 선실로 내려가선 한 명을 골라 이불을 덮어두고 야구방망이로 내리쳤다. 다른 이들이 보건 말건 상관없었다. 다음날에는 다른 선원에게 똑같은 짓을 벌였다. 그렇게 돌아가며 야구방망이를 휘두르자 차츰 선원들에게도 내성이 생겼다. 순번을 정한 듯 눈치껏 이불을 덮고 매질을 기다리기도 했다. 나중에 가서는 마땅히 치러야 할 일과라고 여겨버렸다. 멸치 배는 먼바다까지는 나가지 않았기에 이틀이나 사흘이면 육지로 돌아왔다. 하선을 앞둔 영대는 그들과 어깨동무하고 농담을 주고받을 정도로 익살스러웠다. 어느 정도를 견디고 나면 그들도 그런 영대를 두려워하지 않았다. 영대가 술상을 차려놓고 개별로 봉투까지 챙겨주었기 때문이었다.

그러던 어느 날부터는 영대가 점차 감을 잃어간다는 소문이 퍼져나갔다. 사실 이미 목표량 이상을 어획한 터였다. 하지만 최 선장은 아직 성에 차지 않았다. 그간 영대에게 바친 뒷돈만 해도 외제차 한 대는 족히 사고도 남을 정도였다. 선장실에서 영대에게 두 손 모아 양주를 따르며, 아들네가 곧 셋째를 낳는다는 말까지 기어코 했다. 그날 밤에는 영대의 스윙 궤적이 더욱 컸다. 술에 취한 영대가 얼마 못 가서 바닥에 쓰러져버렸지만, 선원들은 영대를 일으켜 세워선 손에 야구방망이를 쥐여주었다. 이불에 감싸인 선원도 영대가 다시 일어날 때까지 가만히 있었다. 영대는 자신에게 남은 마지막 힘을 짜내어 방망이를 휘둘렀다. 이불 위로 휘둘렀을 뿐인데, 쩍 하는 소리가 났다. 그날 영대는 야구방망이를 바다에 던져버렸다. 이런 짓은 이제 그만두고 당분간 일을 쉬는 게 좋을 것 같다는 생각이 처음으로 들었다.

다음날은 근래에 보기 드물게 날씨가 좋았다. 물속이 훤히 비칠 정도였다. 영대는 눈을 감고 바다의 소리를 엿듣고자 했다. 그러자 멸치 떼가 화려한 군무를 펼치는 모습이 그려졌다. 영대는 이번 어망만큼은 지역 신문에 기사가 날 정도로 특출날 거라는 걸 확신했다. 배 아래에 수만 마리의 멸치 떼가 지휘자를 기다리고 있었다. 그 움직임이 물결을 이끌어 영대의 발바닥을 신명나게 두드렸다. 영대는 발끝에서부터 짜릿한 감각을 느끼고 있었다. 영대는 선장과의 무선 교신을 통해 바로 그 지점에서 어망을 최대한 넓게 던지라고 일렀다. 선장은 두 대의 어탐선과 기지에 무전을 넣어 어느 때보다 넓게 그물을 펼치라고 명령했다. 세 척의 배가 서로 다른 꼭짓점을 형성하며 어망을 만들었다. 그물이 끝 간 데 없이 펼쳐지자 어탐선 두 대가 기지 배를 향해서 힘차게 호를 그렸다. 그물이 바다 전체를 가두려는 듯 단단하게 휘감기고 있었다. 그물이 올라오자마자 선장은 환호성을 내질렀다. 여태껏 본 적 없는 황금 멸치들이 그물 위를 뛰놀고 있었다. 선원마다 초승달이 입에 걸린 듯 함박웃음이었다. 특산품 중에서도 초특급이었다. 영대는 모든 세상이 제 것인 것만 같았다. 이번 기회에 아예 멸치 배를 사버려야겠다는 생각이 들 정도였다. 어망이 아닌 죽방렴에서 건졌다고 해도 믿을 만큼 허리가 곧고 비늘이 싱싱한 멸치였다. 그 양도 엄청났다. 바다에서 영험한 일이 벌어진 건지도 모른다고 영대는 생각했다. 신이 난 영대는 선장실로 가서 으름장을 피우며 두 다리를 쭉 펴고 앉았다. 선장이 영대의 다리를 주무르는 시늉까지 할 정도였다.

그물이 거의 다 올라갔을 즈음 1호 어탐선에서 무전이 걸려왔다. 그물 끝에 무언가 둔중한 게 걸려 있다고 했다. 간혹 포항에서 죽은 채 건져올려진다는 밍크고래인지도 모른다고 선장은 생각했다. 멸종위기인 상괭이였다가는 피곤한 일을 겪게 될 수도 있었다. 그러나 이곳 바다는 고래가 노는 물하고는 수심

부터가 달랐다. 만약 그렇다 쳐도 사체를 건져올리는 건 법적으로도 문제가 없을 터였다. 오히려 횡재라고 부러움을 살 수도 있는 일이었다. 그물이 조금 더 올라왔을 때, 그게 사람이라는 걸 알아차리기란 어렵지 않았다. 지난밤 이불 속에서 몸을 웅크리던, 영대가 이제 그만하겠다고 결심하게 했던 타작의 대상인 바로 그 선원이었다. 동료 선원들의 얼굴이 굳어버렸다. 멸치 배는 이제 사람을 죽인 배가 될 지경에 처했다. 선장은 즉각적으로 작업을 멈추고 선원들만을 어탐선에 태운 채로 육지로 돌아갔다. 선장은 자신의 과오를 피하려고 그동안 영대에게 당했던 일의 증거를 확보하고, 해경에게 정황을 알렸다. 증언이 줄줄이 터져나왔다.

영대는 그 선원이 작업 중에 사고를 당했다는 진술을 확보하기 위해서 그간 모아둔 재산을 모두 썼다. 포섭한 증인과 죽은 자의 가족에게는 합당한지 알 수 없는 금액이 보내졌다. 선장은 변호사를 대동해서 영대에게 가기로 되어 있었던 수천만 원의 수당을 아낄 수 있었다. 영대는 완전히 무너졌다. 몇 년간의 복역

후에도 더는 고향으로 돌아갈 수가 없었다. 영대를 받아주는 곳은 없었다. 이 바다, 저 바다를 떠돌다 도착한 곳은 동남쪽 섬의 한적한 포구였다. 그곳에서 만난 한 노인이 일을 구하고 있느냐고 물었다. 영대는 무엇도 묻지 않고, 노인을 따라나섰다.

타앙, 타앙, 타앙, 타앙…….

날카로운 총성이 영대의 상념을 찢어놓았다. 옆방 남자도 조용해져 있었다. 누군가 복도를 걸어가는 소리가 들렸다. 익히 들어온 발걸음은 아니었다. 문을 열어보니, 주먹밥을 배급했던 남자가 서 있었다.

"들었습니까?"

영대의 말에 만호는 아무런 대답을 하지 못했다.

"시작되었나보군요."

만호는 얼빠진 표정으로 영대가 적인지 아닌지를 살폈다.

"여긴 욕을 좀 퍼부어야 말을 알아듣더라고."

영대가 2호실을 손가락질하며 말했다.

"아까 무슨 소리인지 아십니까?"

만호가 조심스레 물었다.

"짐작하는 대로일 겁니다. 일단 여기 대기하라고 했으니, 방에 들어가 있어요. 때가 되면 부를 것 같으니까. 한 명이 더 왔습니까?"

만호는 고개를 끄덕였다.

심만호는 차유민의 행색을 다시 살펴나갔다. 좁은 미간에 숱이 많은 머리카락, 코는 뾰족했고, 눈이 가늘지만 차분한 인상이었다.

"대체 어디서 왔기에 옷이 그 모양입니까."

만호가 물었다. 유민은 말을 고르는 눈치였다.

"선원이었소?"

유민은 일본 유학을 준비 중인데 학비를 벌기 위해 배에 타게 되었다고 말했다. 그러나 그 말이 사실인지 만호로서는 알 수 없었다. 어차피 모두가 현실에서 벗어나기 위해 이 배에 올랐을 터였다. 누군가 문을 여는 바람에 대화는 중단되었다. 카고바지에 헐렁한 민소매를 입은 근육질의 사내가 서 있었다. 그의 얼굴에는 큰 상처가 있었다. 아랫입술이 왼쪽 뺨까지

비스듬하게 찢어져 있었는데, 진한 눈썹에 어울리지 않는 선한 눈매가 입술의 형태를 괴이하게 만들었다. 원치 않게 빤히 웃고 있다고 해도 좋은 표정이었다. 만호는 그의 얼굴에서 섬뜩함을 느꼈다. 사내는 들고 있던 카키색 더플백을 방 안으로 던져놓았다.

"이 옷 입고 갑판으로 올라와라."

선실에는 다시 정적이 흘렀다. 천장 위로 들려오는 분주한 발걸음 소리나 선체를 두드리던 파도 소리도 일시적으로 사라져버렸다. 더플백 안에 든 것을 쉽사리 예단할 수가 없었다. 유민이 조심스럽게 다가가선 더플백의 지퍼를 열었다. 몇 벌의 작업복이 들어 있었다. 상의 하나를 쭉 빼내자 역한 냄새가 선실에 들어찼다. 만호도 코를 틀어막았다. 개버딘 소재의 군청색 작업복에는 반사 띠가 박음질되어 있었다. 반사 띠에는 군데군데 핏자국이 묻어 있었다.

유민이 작업복에서 명찰을 찾아냈다.

"카즈야."

일어에 능숙한 유민은 작업복의 이름을 한 명씩 읽어나갔다.

"아키요시."

그 작업복의 주인들이었다. 그들은 총소리와 연관이 있을 것이었다. 그들 중 누군가는 살아 있을 수도 있지만, 아닐 가능성이 더 컸다.

만호는 갑판 위의 뜨거운 열기로 숨이 막힐 지경이었다. 바다에 반사된 빛이 눈을 찔러댔다. 태풍은 온데간데없이 사라진 듯했다. 태양이 수면 위에서 깨진 유리처럼 날카롭게 광채를 드러내고 있었다. 마치 다른 시공간으로 들어와버린 것만 같았다. 입이 찢어진 사내는 물 호스를 쥐고 있었다. 만호는 갑판 위에 낭자한 시뻘건 핏물을 발견했다. 비현실적일 정도로 선명한 붉은 액체가 물에 씻겨나가고 있었다. 만호는 갑판의 난간을 붙잡고 속을 게워냈다. 머리가 빙 도는 듯했다. 영대가 가까이 다가와 만호에게 밀대를 건네고 돌아섰다. 영대는 이미 갑판의 중심에서부터 핏물을 밀어내고 있었다. 입이 찢어진 사내는 계속해서 갑판 바닥에 물을 뿌리고 있었다. 어떤 상황인지 파악하지 못하고 멀뚱히 서 있는 배 나온 남자가 최

낙수였다.

만호는 유민의 옆으로 바짝 다가가서 갑판 위를 닦아나갔다. 그러면서 곁눈질로 주변을 살폈다. 좌측 갑판의 계선줄에 묶인 하얀색 소형 자선(子船)이 눈에 들어왔다. 그제야 만호는 자신이 입고 있는 건 그 배에 탄 사람들의 작업복일 거라는 걸 깨달았다.

"늦기 전에 작업을 시작하겠습니다."

그 말을 한 사람은 만호의 바로 뒤에 서 있었다. 만호는 지하에서 본 거대한 실루엣을 가진 그 사람이라는 것을 직감적으로 알아차렸다. 그가 이 배의 선장이었다.

갑판 위가 정돈되어갈 즈음 늙은 기관장이 그들을 불러 모았다.

"이제 나와 함께 배를 타고 서쪽으로 갈 거요. 거기에서 물건을 교환한 뒤에 다시 이 배로 오면 되는 거요. 태풍이 지난 뒤엔 섭섭지 않게 값을 치르도록 하겠습니다."

질문을 던진 건 낙수였다.

"설명을 더 해주시면 안 되겠습니까. 뭘 하는지 정도는 우리도 알아야지요."

그가 할 수 있는 최대한의 공손한 말투였다. 그러나 사내는 단숨에 손을 뻗어서 낙수의 멱살을 움켜쥐었다. 그는 검지로 자신의 입을 가렸다. 질문을 허용하지 않겠다는 뜻이었다. 그 순간 만호가 사내의 어깨를 밀쳐냈다. 돌발적인 행동에 여태까지와는 다른 기류가 흘렀다. 사내의 손에서 풀려난 낙수는 거친 숨을 몰아쉬었다. 입이 찢어진 사내는 만호를 바라보며 씩 웃었다. 원래부터도 웃고 있는 입술이었지만 이 순간만큼은 그가 즐기고 있다는 걸 명확히 알 수 있었다. 그는 주변을 둘러보더니 쇠사슬을 주워들었다. 이제 표적은 낙수가 아닌 만호였다. 모두가 사내의 행동을 주시하고 있었다.

기관장이 그런 사내를 진정시켰다. 그는 장난이었다는 듯 쇠사슬을 갑판 바닥에 던져놓았다.

"마루후지."

유민이 하얀 배에 적힌 히라가나를 읽어보았다. 그걸 들은 기관장이 물었다.

"일본어를 할 수 있습니까?"

유민이 고개를 끄덕였다. 기관장은 유민에게 몇 가지를 더 확인해보았다.

"지시만 따르면 아무런 문제가 없을 거요."

입이 찢어진 사내가 갑판 위를 마저 정리하는 동안 늙은 기관장이 마지막 작업복을 입고 나타났다. 만호는 안도감을 느꼈다. 적어도 카트리나의 선원들과는 적이 아니라고 믿을 수밖에 없었다.

✦

카트리나에서 분리된 하얀 어선이 속도를 높여나갔다. 기관장은 레이더의 좌표를 확인하며 먼바다의 동향을 살폈다. 영대는 뒤에서 그의 동작을 하나하나 지켜보고 있었다. 그는 늙고 왜소했지만, 결코 만만해 보이지는 않았다. 작은 움직임에도 신중함이 느껴졌다. 육지에서라면 모를까, 파도가 몰아치는 배 위에서만큼은 그가 우세해 보였다. 그렇다고 해도 장정 네 명이 덤빈다면 제압할 수 있을 터였다. 기관장은 작업복에 적힌 이름을 한 명씩 알려주었다. 테츠오, 그게 영대의 새 이름이었다. 영대는 경직된 그의 얼굴을 보자 이상하게도 앞으로 벌어질 일에 대한 묘한 흥분이 밀려왔다. 바다의 물결이 급속도로 굽어지고 있었다. 내리쬐던 태양도 순식간에 표정을 바꾸어갔다.

　좁고 둥근 망원경 렌즈는 바다의 이쪽저쪽을 훑어나가고 있었다. 그러다 하얀색 어선을 발견하고서는 집요하게 표적을 쫓았다. 붉은 배의 해치에 앉은 선원은 망원경의 초점을 잡아나갔다. 그 배가 틀림없었다. 선원이 휘슬을 불자 선장은 조타수에게 방향을 지시했다. 갑판에서 삭구를 정비하던 선원들도 분주하게 제 위치로 돌아갔다. 배는 순식간에 방향을 바꾸어 목표를 향해 전진했다. 파도가 뱃머리를 강하게 쳤었지만 그럴수록 선장의 얼굴은 상기되어갔다. 그는 손에 쥐고 있던 총의 탄창을 빼내어 총알 끝을 부드럽게 쓰다듬었다. 이내 야릇한 얼굴이 되어선 다시 탄창을 넣고 장전했다. 해치 위의 선원은 검은 깃발로 방향을 지시했다.

기관장은 거칠게 달려오는 붉은 배를 향해 좌현을 내어 보였다. 시동은 끄지 않았다. 줄을 끊고 달아날 경우도 생각하지 않을 수가 없었다. 기관장은 카트리나의 선원들에게 도끼의 위치를 다시 확인시켰다.

"이런 파도에서 계류한 배는 줄이 잘 안 풀립니다. 파도가 엉기면 당황할 수도 있으니 여차하면 도끼로 매듭을 끊어내십시오."

기관장이 강조하는 동안 영대는 다른 생각에 빠져 있었다. 2호실의 사내는 정신이 반쯤 나가 있었기에 쓸모가 없어 보였다. 밧줄을 푸는 정도는 1호실의 젊은 치들에게 맡겨도 충분할 터였다. 일을 성사한 뒤가 더 중요했다. 카트리나로 돌아갔을 때 그들이 약속을 제대로 지킬 수 있을지 확신할 수가 없기 때문이었다. 만약 그들이 돌발적으로 나온다면, 영대로서도 기관장을 인질로 삼을 수밖에 없었다.

"정신만 차리면 다 잘될 거요."

낙수가 영대의 어깨에 손을 올렸다. 정신을 차리라니. 영대는 그 어느 때보다 정신이 맑았다. 영대는 낙수의 손을 뿌리쳤다. 만호가 그 모습을 지켜보고 있었다. 어느새 붉은 배가 속도를 줄이며 하얀 배의 좌현으로 접근했다.

두 척의 배가 뱃머리를 반대 방향으로 마주한 채 선측을 붙였다. 영대는 붉은 배의 선원이 던진 밧줄을 얼른 배에 묶었다. 풀리지 않게 묶었다는 걸 확인이라도 시켜주듯 팽팽하게 고정된 밧줄을 힘껏 잡아당겨보기까지 했다. 서로의 밧줄을 당기자 배는 천천히 맞붙더니 완전히 접선했다. 두 척의 배에서 뿜어져나오는 엔진 소음은 영역 다툼을 위해 몸을 웅크린 짐승들처럼 그르렁거렸다. 광활한 바다 위에는 두 척의 배만이 파도에 들썩이며 마주하고 있었다. 배가 맞붙을 때 그려놓은 물길은 동심원을 만들며 번져나가다가 넘실대는 파도에 먹혀 사라져버렸다.

붉은 배의 갑판 위에는 선장과 선원들이 대열을 갖춘 채 서 있었다. 선장은 비좁게 들어찬 치아를 해맑게 드러내며 아끼는 권총을 노골적으로 자랑했다. 그러자 늙은 기관장이 검은 가방을 들어 보였다. 선장은 총구를 까딱거리며 넘어오라는 신호를 보냈다.

기관장이 먼저, 카트리나의 선원들이 뒤따라 붉은 배로 넘어갔다. 기관장은 선장 앞에 가방을 놓아두고 두 걸음 물러섰다. 선장 왼편에 있던 한 선원이 다가가서 가방을 열었다. 설탕처럼 하얀 가루가 비닐에 밀봉되어 있었다. 선원이 허리춤에서 칼을 꺼내어 비닐을 푹 찔렀다. 순간 만호는 공기가 비현실적으로 일그러지는 기분을 느꼈다. 먼바다 저편으로 짙은 구름이 밀려오는 게 보였다. 바람은 오히려 차분해지고 있었다.

선원은 칼끝에 묻어 있는 하얀 가루를 맛보았다. 그는 고개를 갸웃거리며 다시 한번 혀를 내밀어 칼을 핥았다. 이번에는 뭔가 달라 보였다. 코끝이 시린 듯 인상을 찌푸리는가 싶더니 졸음을 참지 못하는 아이 같은 얼굴로 여린 숨을 내쉬었다. 이어 강렬한 전류에 닿기라도 한 듯 화들짝 놀라며 벌떡 일어났다. 그는 선장에게 다가가서 무슨 말을 건넸다. 그 말을 알아들을 수 있는 건 그 배의 선원들뿐이었다. 그의 얼굴은 환희와 기쁨으로 가득 차 있었다.

선장은 기관장을 향해 가까이 오라고 손짓했다.

"고맙다는 말은 어떻게 하는 거지?"

선장은 약에 취한 선원에게 물었다. 그는 몽롱한 여운이 가라앉지 않는다는 표정으로 아리가또,라고 말해주었다. 선장은 어색하게나마 그 말을 따라 했다. 기관장은 그에 대해 화답했다.

"아리가또, 고자이마스."

선장이 휘파람을 불자 뒤에 서 있던 선원이 가방을 기관장에게 전달했다. 기관장은 가방을 열어 안을 확인한 뒤에 유민에게 건넸다. 기관장이 이만 돌아가자는 약속된 신호를 보냈다. 영대와 만호가 먼저 어선으로 되돌아갔다. 낙수가 갑판대로 올라서다 발을 헛디디는 바람에 선원들이 깔깔 웃어대기도 했다. 선장은 가방 안에 담긴 하얀 가루를 맛볼 참이었다.

"피넛은 잊도록 해. 이젠 만날 수 없을 테니. 앞으로는 계속 우리와 교역한다."

약에 취한 선원이 선장의 말을 전달했다. 기관장도 그렇게 알고 있겠다고 말했다. 선장은 이제 부하 선원들에게 밧줄을 풀라고 지시했다. 그때였다.

"피넛 쪽에는 블루핀 한 마리 정도는 던져준 것 같

더니만."

통역하던 선원이 약 기운에서 완전히 빠져나오지 못한 채로 웅얼거렸다. 눈이 풀린 와중이라 해도 기어코 그 말은 해야겠다는 듯.

"너희는 언제든지 원하는 만큼 먹을 수 있잖아."

선장은 어째서인지 그 말의 맥락을 알아들었다. 그러나 선장은 살아 있는 생선의 살을 좋아하지 않았다. 이 바다에서 가족이 죽었다. 한 사람도 빠짐없이. 선장은 바다에서 온 것들에 입을 댄 적이 없었다. 그러나 피넛과 다른 대우를 받고 있다면 그건 용납할 수 없는 일이었다. 선장은 무슨 말을 지껄이고 있는지 물었다. 그때 마침 유민이 나섰다.

"태풍이 오려는지 영 재미를 못 봤습니다. 다음번에는 제대로 챙겨드리겠습니다."

그러자 약에 취한 선원은 이미 건너가 있는 선원들을 향해서 그 말이 사실인지 물었다. 그건 농담에서 끝날 수도 있는 그저 그런 말이었다. 교역이 무사히 끝나면 부하들 사이에서 이런저런 시답잖은 대화가 오가는 것이다.

"너희가 먹던 거라도 있을 거 아냐."

유민이 대신 대답했다.

"정말 없습니다."

그는 눈이 풀린 중에도 저들 중 몇몇이 자신의 말을 알아듣지 못하고 있다는 느낌을 받았다. 대화의 맥락을 전혀 모르는 사람의 표정이라는 걸 놓치지 않은 것이었다. 영대도 그가 이 상황을 이상하게 받아들이고 있다는 걸 알아차렸다. 적막이 흘렀다. 배에 탄 이들 모두 그 순간을 예민하게 받아들였다. 위험을 감지한 본능이었다. 영대는 이제 밧줄을 풀 작정이었다. 기관장은 유민에게 그만 배로 넘어가자고 손짓했다. 어색하기 짝이 없는 동작으로. 그때 붉은 배의 선장은 기관장의 작업복 소매에서 선명한 핏자국을 보았다. 그의 눈자위가 꿈틀거렸다.

허리춤에서 총을 꺼낸 이는 기관장이었다. 그는 조금도 주저하지 않았다. 이미 장전된 총으로 선장을 정조준했다. 방아쇠가 당겨지자마자 선장이 피를 흘리며 쓰러졌다. 순식간에 두 척의 배는 아수라장이 되어버렸다. 통역하던 선원은 선장이 놓친 권총을 움켜쥐고 기관장을 향해서 연사했다. 허둥대고 있던 방향수 선원이 영문도 모른 채 고꾸라졌다. 기관장이 쏜 또 한 발의 총알이 그의 가슴에 명중했다. 조타실에서 갑판 위의 상황을 지켜보고 있던 항해사는 서둘러 배를 뗄 작정이었다. 그러나 묶여 있는 배는 쉽사리 분리되지 않았다. 두 척의 배가 휘청거렸다.

산탄총을 들고 있던 선원이 하얀 어선을 향해 총격을 가했다. 광활한 바다 위에서 쉴 새 없이 총성이 울려퍼졌다. 영대는 만호에게 도끼를 가져오라고 소리쳤다. 그러나 만호에게는 그 말이 들리지 않았다. 이제 선원의 총구가 만호를 겨누고 있었다. 만호는 눈앞이 새하얘져서 아무것도 보이지 않았다. 그가 방아쇠를 당기자 공이가 뇌관을 건드리며 불꽃이 튀었다. 총알이 발사되었다. 광포한 단 한 발의 총성은 만호의 모든 세포를 일깨우기에 충분했다. 그때였다. 낙수가 만호를 밀쳐냈다. 누구도 예상하지 못한 일이었다. 그러는 동안 기관장이 산탄총을 쥔 선원을 저지했다. 그는 갑판 위에 있던 선원들을 모두 죽였다. 그러나 이제 막 갑판으로 내려온 조타수를 발견하지는 못했다.

조타수가 기관장을 향해 총을 쏘았다. 그는 두려움에 떨며 몇 발이고 같은 방향으로 난사했다. 기관장은 선 채로 총알받이가 되었다. 영대가 도끼로 조타수의 머리를 내려치지 않았다면 남은 이들 모두 그에게 총살당했을 것이었다. 짧고도 강렬한 총격전이 끝났다.

묶여 있는 두 척의 배가 흔들리고 있었다. 만호는 피가 솟구치는 낙수의 복부에 두 손을 포개어 압박했다. 피가 멈추지 않았다. 유민도 만호를 도와 낙수를 부축했다. 낙수가 힘겹게 만호의 손을 붙잡았다. 그는 무슨 말인가를 하려고 했다. 그러나 이내 손가락에 힘이 빠지더니 몸이 축 늘어졌다.

그때까지도 만호는 무슨 일이 벌어진 건지 제대로 알아차리지 못했다. 총성이 귓가에서 떠나지 않았다. 머릿속이 어지러웠다.

"정신 차려."

영대가 만호에게 소리쳤다. 만호의 두 눈은 초점을 잃어버린 채였다. 영대는 만호의 목덜미를 붙잡고 일으켜 세우려들었다.

"정신 차리라고."

만호는 힘없이 밀려나 바닥에 쓰러졌다.

"잘 생각해봐. 지금 우리에게 뭐가 남았는지. 뱃일 하다 보면 이런저런 사고가 나기 마련이니까."

영대는 두 개의 검은 가방을 만호 앞에 내려놓았다.

"살아야지."

그 말을 입 밖으로 뱉은 순간, 영대는 홀가분했다. 살아야 한다는 이유 하나만으로도 모든 걸 해결할 수 있을 것 같았다. 영대는 이제 만호에게 말하듯 저 자신마저 타일렀다.

"어탐선이 두 대, 기지 배 한 대를 사고도 남겠다."

영대는 애초에 카트리나의 선장이 일을 치르고 나서도 선원들을 살려둘지 의문을 가지고 있었다. 차라리 잘된 건지도 몰랐다. 항구로 돌아갈 수만 있다면 이 돈으로 모든 일을 해결할 수 있을 것이었다.

영대는 붉은 배로 넘어가 죽은 선원들을 갑판 위로 밀어서 바다에 빠뜨렸다. 육신은 고기밥이 되어 흔적도 없이 사라질 것이었다. 혹여나 해류에 떠밀려 어느 연안에서 발견된다고 해도, 머나먼 나라의 이름

모를 뱃사람을 의심할 리가 없었다. 아무도 이 광활한 바다에서 벌어진 일을 알아챌 수는 없을 것이었다. 만호도 가방에 든 돈다발을 확인하면 정신을 차릴 거라고 확신했다. 영대는 자신이 도끼로 내리쳐서 죽인 마지막 선원을 바다로 밀어넣으며 속으로 외쳤다. 풍어다. 이런 게 진짜 풍어가 아니라면 무엇이 풍어란 말인가.

등 뒤에서 섬뜩한 기운을 느꼈을 때, 영대는 자신이 큰 실수를 저질렀다는 걸 인지했다. 유민이 총으로 영대를 겨누고 있었다.

"배로 돌아갈 겁니다."

그 순간 핏빛이 사라진 영대의 입술에서 가벼운 웃음이 비집고 나왔다. 쓸쓸하면서도 밋밋한 웃음이었다.

"거기 가면 다 죽는다."

조금만 방심하면 무슨 일이라도 벌일 것 같은 서늘한 눈빛들이 오가고 있었다.

"이 돈을 두고도 그 배로 돌아가겠다고? 무엇을 위해서?"

유민은 아무런 답을 하지 못했다.

"저도 가겠습니다. 이렇게 해서는 아무것도 해결할 수 없을 겁니다."

어느새 정신이 든 만호가 유민의 곁에 섰다.

"해결? 원래 바다가 이렇게 생겨먹은 거다."

그 말은 영대 자신을 향한 질책이기도 했다.

그들은 카트리나를 찾아 나섰다. 갑판 한쪽에는 기관장과 낙수의 시신이 모포에 덮여 있었다. 영대는 곁눈질로 주변을 살폈다. 무기가 될 만한 것들은 유민이 물속으로 던져버린 뒤였다. 영대도 곰곰 생각해보니 홀로 이 바다에서 살아남길 기대할 수는 없었다. 두 사람을 제압해서 배를 독차지한다고 해도 어디로 가야 할지 감이 오지 않았다. 어느 해역이건 까다로운 검문을 거쳐야 했다. 누구도 관청의 허락 없이는 경계를 넘어갈 수 없었다. 그들의 말처럼 카트리나를 통해서 부두로 되돌아가는 게 최선인지도 몰랐다.

"총알이 얼마나 남았지?"

유민은 영대의 물음에 한마디도 답하지 않았다.

"우리도 최소한의 대비는 해야 할 거 아니냐."

만호 역시 영대를 향해서 총을 겨누고 있었다.

"실수하는 거다."

영대의 말은 바람에 흩어져 누구도 듣지 못했다.

그들이 탄 배는 바다 위를 이리저리 부유했다. 구름이 낮게 깔렸고, 하늘이 어둑어둑해져버렸다. 자칫하다가는 태풍 속에서 밤을 맞이하게 될 수도 있었다. 카트리나호는 좀처럼 나타나지 않았다.

"잘 생각해. 돌아간다고 해서 그 선장이 우릴 살려두기나 할 것 같아? 앞으로 살아갈 날들을 생각해야지. 따져보면 우리가 잘못한 게 뭐가 있어? 우린 시킨 대로 했을 뿐이잖아. 총을 먼저 쏜 것도 그 노인네였어. 내가 다 봤거든. 그놈들 다 죽이고 나면 우리를 어떻게 할 작정이었겠어."

만호도 그런 생각을 하지 않은 건 아니었다. 그러나 더는 영대의 말을 듣고 싶지 않았다. 유민은 침묵 속에서 바다의 저 끝을 살필 뿐이었다. 세찬 바람이 정면으로 불어오고 있었다.

✦

　풍랑 속에서 두 척의 배가 맞붙었다. 예정된 시간
보다 늦어지자 카트리나가 태풍의 영향권으로 들어
와 그들을 발견해냈다. 입이 찢어진 사내가 갑판 위
를 뛰어다니며 밧줄을 묶었다. 사내는 하얀 어선에
보이는 사람이라곤 세 사람뿐이라는 것이 의아했다.
사내는 배가 접선되자마자 하얀 배의 갑판 위로 뛰어
내려 늙은 기관장을 찾아 나섰다. 사내는 불길한 예
감을 안고 갑판 위에 넓게 펼쳐진 모포를 걷어냈다.
두 사람이 죽은 채로 누워 있었다. 사내는 한참이나
기관장의 시신을 내려다봤다. 선장은 양쪽 배를 오가
며 순식간에 상황을 정리했다. 그들은 선장의 지시대
로 시신을 카트리나에 옮긴 후 자선에 묶인 밧줄을
풀었다. 선원을 모두 잃은 마루후지는 쓸쓸히 바다
저편으로 휩쓸려갔다.
　일곱이었던 카트리나의 승선 인원은 다섯으로 줄
었다. 그들은 항로를 결정하기 위해서 갑판 위로 모
였다. 입이 찢어진 사내는 살아 돌아온 이들을 한 명

씩 쳐다보았다. 분노나 원망 같은 감정은 실려 있지 않았다. 아무런 감정이 없다고 해도 좋을 만큼 텅 비어 있는 눈빛이었다. 그 점이 오히려 만호를 두렵게 했다. 선장은 사내에게 시신을 지하의 냉동창고에 보관하라고 명령했다.

"부두로 돌아가기에는 이릅니다. 태풍의 속도가 제법 빨라진 듯하니, 그만큼 빨리 소멸할 겁니다. 잠시 먼바다로 나갔다가 돌아오는 게 어떻겠습니까."

선장 역시 그 일에 대해서 어떤 동요도 없어 보였다. 마치 이런 상황까지도 염두에 둔 사람처럼 침착했다.

그날 밤, 사방에서 파도가 배를 밀어젖히는 가운데 선장은 뱃머리를 향해 절을 하고 술을 뿌렸다. 입이 찢어진 사내가 선장의 뒤에 서 있었다. 선장은 나이가 가장 많은 영대에게 술을 한 잔 따랐다. 영대는 첫 번째 술을 바다에 뿌리고, 두 번째 술은 자신이 마셨다. 만호는 입이 찢어진 사내와 눈을 마주치지 않기 위해서 고개를 숙이고 있었고, 유민은 갑판 너머 저편을 응시하고 있었다. 그 끝은 하늘과 바다의 경계가 허물어진 깊은 어둠이었다.

　선장은 그들을 조타실로 이끌었다. 조타실의 넓은 통창으로 갑판이 훤히 내려다보였다. 마호가니 나무와 무쇠주물로 된 조타 핸들은 자신의 꼬리를 입에 문 우로보로스의 형상으로 조각되어 있었다. 영대는 섬세하면서도 매끈한 굴곡을 눈여겨보았다. 적외선 탐지 기능을 갖춘 두 대의 레이더 화면에는 초록색 불빛이 한 점으로 발광하고 있었다. 오직 카트리나만이 태풍 속에서 항해를 이어가고 있었다. 조타실 뒤편의 암녹색 커튼을 걷자 또 다른 공간이 드러났다. 커튼 하나를 두고 선장실과 조타실이 나뉘었다. 선장실 안쪽 벽에는 트롤선과는 어울리지 않는 아늑한 소파가 놓여 있었다. 좌측 벽에는 책장이, 다른 쪽에는 술병이 진열된 수납장이 자리했고, 선장실 정중앙의 응접 테이블을 중심으로 세 개의 의자가 그들을 기다리고 있었다.

　영대는 선장실에 들어서자마자 호시절의 신기루에 사로잡혔다. 선장실을 자유롭게 들락거리던 시절이 있었다. 그러나 어떤 선장실도 이처럼 포근한 기운을 전해준 적은 없었다. 창밖으로 흩날리는 물보라나 세차게 휘몰아치는 바람은 두께를 가늠하기 힘든 거대한 통창에 가로막혔다. 간혹 선장이 조타실로 성큼성큼 걸어가서 핸들을 조작하기도 했다. 그러나 선장은 조금도 서두르지 않았다. 영대는 그가 태풍의 경계에서만 느낄 수 있는 위험한 스릴을 즐기고 있다는 생각이 들었다. 그는 결코 이 배를 태풍에 휩쓸리게 하지 않을 거라는 믿음이 생겨나는 순간이었다.

선장은 진열장에서 크리스털 병 하나를 꺼내왔다.

"상어의 이빨을 고아 만들었습니다. 한 병을 만들기 위해서는 스무 마리의 상어가 필요합니다. 상어를 죽이기 전에 입을 벌려서 생니를 하나씩 뽑아내야 해요. 신경이 죽어버리면 이 맛을 못 냅니다. 그래서 양도 한정적입니다."

선장은 뚜껑을 열어서 향을 음미했다.

"저희는 각국에 연대하는 조직이 있고, 몇 년은 일하지 않아도 될 만큼의 돈도 있습니다. 예정에 없던 일이긴 하지만, 다시 거래를 제안할 수 있는 물건도 생겼습니다. 어느 나라든 정박할 수 있는 배도 있어요. 바다가 내 땅이고, 이 배가 내 집입니다. 어디든지 갈 수 있습니다. 자유롭게 말입니다."

선장은 잠시 틈을 두며, 그들을 살폈다. 실의에 빠져 있는 만호와 생각에 잠긴 유민과 그의 말 하나하나에 호기심을 내비치는 영대의 얼굴을.

"이젠 새로운 선원도 필요할 것 같군요."

선장은 유연하게 대화를 끌어나갔다.

"내일 아침이면 태풍도 소멸할 겁니다. 이건 어디까지나 제안일 뿐이니, 거절한다면 약속대로 항구에 내려주겠습니다. 그리고 우린 다시 바다로 떠날 예정입니다. 거긴 비린내 나는 곳이잖아요. 여긴 모든 게 살아 있지만 말입니다."

선장은 웅변을 끝마쳤다는 제스처로 술잔을 높이 들었다.

배는 컴컴해진 바다 위에서 조명을 밝히며 어디론가 나아가고 있었다. 풍랑 속에서 카트리나의 불빛은 길 잃은 도깨비불처럼 어지러이 흔들렸다.

입이 찢어진 사내가 세 사람을 앞장세워 지하의 복도로 내려왔다.

"어떻게 죽었지?"

영대는 붉은 배의 갑판 위에서라고 말해주었다. 거래가 진행되면서 어떤 말들이 오갔고, 그러는 동안 늙은 기관장이 먼저 총을 꺼내어 선원들을 쐈다고. 그 바람에 모든 선원이 죽었지만, 조타실에 있던 선원이 뒤에서 나타나 그쪽 기관장을 쏜 사실도 설명했다. 영대의 말을 듣고 있자 만호도 다시금 그 장면이 또렷하게 떠올랐다.

"이 방에 있던 놈은 어떻게 죽었지?"

"쓰러져 있는 기관장을 옮겨오려다가 총에 맞았다."

영대는 입이 찢어진 사내의 얼굴을 흘겨보았다. 그 순간 영대는 사내의 행동에 무언가 비어 있다는 걸 알게 되었다. 마치 누군가에 의해 세뇌된 사람처럼 말투가 건조하고 딱딱했다.

"어떻게 너희가 살아남을 수 있었지?"

그 질문을 할 때에야 비로소 사내의 목소리가 떨려왔다. 오직 그 질문만이 그의 것이었다. 총알받이로 쓰려고 끌어들였던 부두의 부랑아 중 세 명이 버젓이 살아 돌아왔다. 거기에는 사내가 반드시 알아내야만 하는 비밀이 있는지도 모른다고 생각된 것이었다.

"내가 조타수를 죽였다. 도끼로 머리를 내려쳤지."

영대는 숨김없이 말했다. 자신에게 다른 면모가 있다는 걸 그에게 알려주고 싶기라도 하다는 듯.

그러나 사내는 조금도 동요하지 않았다. 그는 선실 앞에서 방을 다시 배정했다. 유민이 첫 번째, 영대는 세 번째 방이었다. 만호는 낙수가 쓰던 두 번째 방으로 들어갔다.

"누구든 결정을 내리면 곧장 올라오는 게 좋을 거다."

그가 큰 소리로 말했다. 조금은 상기된 채였다. 만호는 그가 이 상황을 즐기고 있다는 걸 알 수 있었다. 여차하면 그의 기분이 순식간에 바뀌어버릴 거라는 것도.

만호는 최낙수가 구석에 벗어둔 옷가지를 바라보았다. 특색 없는 무채색 옷들이 낙수의 유일한 유품이었다. 만호는 그의 시신을 뭍에 묻어줘야 한다고 생각했다. 어디까지나 이 바다에서 살아 나간 뒤에야 가능한 일이었다. 대풍포의 노장이 떠나면 죽을 거라고 이르지 않았던가. 만호는 이 배에 타기로 고집한 이유를 명확히 설명할 수가 없었다. 아버지 때문이라는 건 변명에 불과했다. 카트리나가 그를 유혹했다는 걸 받아들여야 했다. 만호는 섬에 남아 있는 사람들을 떠올려보았다. 성주댁이 세상을 떠났으니, 이제 섬에서 만호를 기다리는 사람은 아무도 없었다.

"총은 잘 숨겨뒀겠지?"

벽 너머에서 영대의 목소리가 들려왔다.

"억울하잖아. 우리가 무슨 죄라고."

영대는 이런 투로 대화를 이끈 적이 잘 없었다. 상대를 구슬리려 애쓰는 부드러운 말씨를. 그건 우아하게 술잔을 건네던 선장의 투와 비슷했다.

"받아낼 건 정당히 받아내자는 거지. 선장은 약도 구했겠다, 돈도 벌었겠다, 다 해먹겠다는 판인데. 말마따나 그 방 주인 몫이라도 우리가 받아내야지 않겠어?"

영대의 거침없는 부드러움이 만호를 혼란스럽게 했다. 틀린 말이 아니었다. 그러나 자칫 잘못했다가는 더 큰 화를 입을지도 몰랐다. 입이 찢어진 사내는 이미 임계점을 넘어선 상태였다.

"협상이라도 하려면 내놓을 게 있어야죠."

만호는 결국 영대의 말을 받아주면서도 더 큰 상황은 제쳐두겠다는 듯 협상이라는 단어를 사용했다.

"우리가 부두에 돌아가서 그간의 일을 떠벌리기라도 해봐. 저들도 골치 아프긴 마찬가지지."

영대는 이때다 싶었던지 만호의 이름을 불렀다.

"심만호 씨. 내 동생 같아서 그러는 건데 잘 새겨둬. 옆방에 있는 그 사람, 애초에 도망 나온 거야. 나를 여기까지 태워주던 통선 선장이 그러더라고. 탈영병 하나가 이 배에 탄다는 말이 돌고 있다고. 저 사람은 애초에 믿을 게 못 되지만, 그쪽은 다르잖아. 우리 무사히 돌아가면 동업이라도 시작해보자고. 지금은 힘을 모아야 할 때야. 그 가방만 챙기면, 인생이 바뀐다니깐."

그러고 보니 유민은 머리카락이 짧고 어딘가 모르게 경직되어 있었다. 만호는 유민이 처음부터 이 배가 섬으로 돌아가지 않을 거라는 걸 알고 탄 건 아닌가 하는 생각에 이르렀다.

영대는 카트리나가 바다의 어느 경계를 지나면서
부터 자신감에 차 있다는 느낌을 받게 되었다. 그걸
말로 설명하기란 쉽지 않았다. 몸으로 체감할 수 있
을 뿐이었다. 태풍이 바다를 한바탕 휘저으려 들면
카트리나는 저만치 전진해 있었다. 간혹 물결이 드높
아 뱃머리가 앞으로 쏠리기도 했지만, 파도가 다시
배를 끌어올렸다. 숙련된 서퍼가 묘기를 선보이듯 카
트리나는 파도를 유연하게 다스렸다.

바다 한가운데에도 밤이 깊어가고 있었다. 영대는
선장의 제안을 곱씹어보았다. 만약 자신이 선장이었
다면 귀찮은 일은 만들지 않을 것이었다. 선장의 제
안처럼 카트리나에는 선원이 필요했다. 입이 찢어진
사내만을 데리고 떠돌며 살기에는 이 바다가 그리 만
만한 상대가 아니라는 건 선장이 더 잘 알 것이었다.
그렇지만 부두로 돌아간다고 했다가는 어떻게 돌변
할지 알 수 없었다. 지금으로선 카트리나의 선원이 되
는 것이 살아남을 유일한 방법 같기도 했다. 영대는
기어코 선실에서 나와 어둑어둑한 복도를 걸어갔다.

갑판 위에는 누군가 흐느적거리며 춤을 추고 있었다. 파도가 잠잠해진 건 분명했지만 그들은 아직 태풍의 영향권에 있었다. 자칫 방향을 잃으면 돈이고 약이고 전부 바다 아래에 잠기게 될 터였다. 배가 뒤집히는 건 시간문제였다. 그러나 선장은 영대가 갑판 위로 올라온 것도 신경 쓰지 않고 여전히 몸짓을 이어갔다. 조타실에 있는 사람은 입이 찢어진 사내였다. 그가 키를 붙잡고 있었다. 바람의 영향으로 배의 조명은 껌벅이고 있고, 파도는 배를 거침없이 흔들어놓았다. 선장은 제 몸을 파도에 내어놓은 사람처럼 이리저리 이끌려 다니듯 가만두었다. 애처로움이 깃든 몸짓이기도 했다. 그는 의식을 치르는 무당처럼 완전히 몰입해 있었다.

영대는 선장에게 다가갔다.

"저도 배를 탔습니다."

영대가 외쳤다. 선장은 일순 동작을 멈췄다. 그는 갑판 위에 서서 미동도 없이 영대를 빤히 보았다. 그래서,라고 되묻듯.

"배에 남고 싶습니다."

선장의 표정이 누그러지더니 영대에게 한발 다가 갔다. 영대는 그의 풍채에 압도당했다. 쪼뼛한 콧날 과 크고 두꺼운 진보랏빛 입술에는 위엄이 서려 있었 다. 검은 머리카락에는 듬성듬성 흰머리가 나 있었지 만, 나이를 짐작하기 힘들 정도로 눈매가 예사롭지 않았다. 그는 영대보다 키가 훨씬 컸다. 이 배에 탄 누 구보다도 키가 컸다.

"뭐라고 했습니까?"

그 목소리는 마치 동굴 속에서 말하듯 울려퍼졌다. 바람도 파도도 그 앞에서는 아무런 소용이 없어 보였 다. 저승의 심판관이 있다면 그런 목소리를 가졌다고 해도 좋을 정도였다.

"배를 타고 싶다고 말했습니다."

그러자 선장은 호탕하게 웃으며 영대를 힘껏 껴안 았다.

"이럴 것이 아니지. 형제가 생겼는데, 축하를 해야 할 것 아니오."

선장은 성큼성큼 선장실로 걸어갔다. 영대는 다리 를 휘청거리며 선장의 뒤를 따라붙었다.

선장은 조타실에 들어서자마자 입이 찢어진 사내 옆에 서서 어깨를 다독였다. 키를 돌리는 폼이 제법 능수능란했다. 그는 기관장이 죽은 건 벌써 잊은 듯 희희낙락하고 있었다.

"그렇게나 조타를 하고 싶었나봅니다. 보직이 재편될 걸 알았던지 일찌감치 조타수 자리를 선점하려 하더군요. 훗날 이 배의 선장으로 지목될 수도 있겠죠."

영대는 사내를 다시 한번 쳐다보았다. 선장의 칭찬에 사내의 입가에 난 상처가 더 길어졌다. 그는 묘한 웃음을 머금으며 묵직한 조타 핸들을 꽉 쥐고 있었다. 선장실의 응접 테이블 앞에는 의자가 하나 놓여 있었다. 원래부터 의자가 하나였던 것처럼, 정중앙에, 반듯하게도.

"저희는 지금 어디로 가고 있습니까?"

영대는 조급한 마음을 숨기지 않았다. 선장은 여유를 가지라는 듯 슬며시 웃더니 예의 그 투명한 술을 영대에게 한 잔 건넸다.

"바람이 내어주는 대로 가는 겁니다. 모든 배가 그렇죠."

영대는 술을 단번에 들이켰다.

"섬에서 온 배라고 들었습니다."

그 말에 선장의 눈자위가 흔들렸다. 영대가 어디까지 알고 있는 건지 살피려는 듯 경계하는 눈빛이었다. 영대도 낌새를 알아차렸다. 괜한 말을 보태어 일을 망칠 필요는 없었다.

"제가 아는 건 그게 전부입니다. 게다가 제 고향은 서쪽입니다. 어쩌다 보니 여기까지 흘러오게 되었습니다."

선장은 그런 건 하나도 중요하지 않다고 말했다.

"이 배는 우리가 직접 만든 특수한 배입니다. 우리도 한때는 희망이 있었어요. 섬에 물자를 대고, 사람들에게 기회를 열어주고. 적어도 말만 번지르르한 작자들보다는 나았을 겁니다. 그런데 섬이 발전할수록 점차 처우가 좋지 않았습니다. 큰 기업이 자본을 대어 작은 조선소들을 합병해버렸고, 거기에 끼지 못한 일개 개인은 일자리를 잃었어요. 그래서 저는 몇 척의 배를 구해다가 무역을 하기로 했습니다. 목적지는 없습니다. 때가 되면 물자를 구하기 위해서 잠시 정박했다가 다시 떠납니다. 바다 위에서의 규칙은 우리가 정합니다. 그걸 지키기 위해서라면 작은 희생은 감내해야 할 수밖에 없습니다. 그게 바다의 순리 아니겠습니까."

영대는 두 눈을 끔벅거리면서도 그의 말을 하나도 놓치지 않겠다는 표정을 짓고 있었다.

"실종신고가 될 겁니다."

선장이 말했다.

"어차피 저를 찾을 사람도 딱히 없습니다."

"저들은 어떡할 겁니까."

선장이 물었다. 영대는 술을 받는 동안 선장의 입가에 스친 미소를 엿보았다.

"저는 국적도 고향도 없는 자유의 몸입니다. 이 바다가 내 집이고, 고향이란 말입니다. 하지만 이렇게 지낸다는 건 간단한 일이 아닙니다. 뭍의 것들을 포기해야 합니다. 가족도 친구도 동료도 말입니다. 그래야 새롭게 태어날 수 있습니다. 카트리나의 선원이 된다는 건, 그런 의미입니다."

영대는 선장의 말에 완전히 매료되었다.

"제가 어떻게 하면 되겠습니까."

선장은 그제야 말이 통한다는 듯 술을 한 잔 더 권했다. 투명한 액체에는 아지랑이가 피어오르고 있었다. 영대는 벌써 정신이 몽롱했다. 그를 괴롭히던 파도마저도 무감각해졌다. 선장실에 들어왔을 때부터 그랬다.

"어떻게 할 건지는 그쪽 자유입니다. 자유란 참 좋은 거잖아요. 이 술과 바다처럼 말입니다."

영대가 선장실에서 나가려던 순간이었다. 조타실의 커튼 뒤에 서 있는 차유민과 눈을 마주쳤다. 영대는 말문이 막혔다.

"오래 기다리셨지요. 그쪽 차례입니다. 여기로 오세요."

유민은 영대를 지나쳐 선장에게 걸어갔다. 유민이 언제부터 거기에 있었는지 영대는 알 수가 없었다.

지하의 복도는 어둡고 고요했다. 만호는 선실 문을 열고 막 복도로 나왔다. 아무래도 옆방이 지나치게 조용한 탓이었다. 벽 너머에서는 아무런 기척이 느껴지지 않았다. 만호는 첫 번째 선실 문을 열어보았다. 유민이라면 적어도 자신에게 총을 겨누지 않을 거라는 막연한 신뢰가 있었다. 총격 이후 영대를 저지한 것도, 만호에게 총을 건네준 것도 유민이었다. 그러나 그 방에는 유민이 없었다. 지하 선실에는 아무도 없었다. 그들은 모두 선장실에 있을 것이었다. 두 사람이 한편이 되었다는 가정 또한 염두에 두지 않을 수가 없었다.

그때 마침 영대가 지하로 내려왔다. 만호는 주머니를 더듬었다. 작고 차가운 쇳덩어리가 한 손 가득 차게 만져졌다.

"탈영병이 선장에게 아부하는 걸 봤어야 하는데. 우릴 어떻게 할지도 모른다. 벌써 선장의 수하가 된 것 같으니까. 조심하는 게 좋을 거다."

영대의 눈이 기름해졌다.

"너도 결정을 내린 거냐? 난 항구에 내려달라고 말했다. 한적한 포구에서 낚시나 하며 살아야지. 여기서 어떻게 더 지내겠어."

그는 만호를 친근하게 대하려고 애썼다. 오래 알고 지

내온 아우를 허물없이 대하듯 어깨를 툭 치기도 했다.

"저도 내리겠습니다."

만호 역시 마음을 굳혔다.

"그렇지? 너도 나와 같은 생각을 하는 거지?"

영대가 비죽 웃었다.

"저놈은 갈 데까지 간 놈이란 말이다. 무슨 짓인들
못하겠어."

누군가 복도로 들어서는 소리가 들리자, 그는 자기
방으로 들어가버렸다. 차유민이 지하의 복도로 내려
오고 있었다. 그러나 그는 만호를 못 본 척 지나쳐 곧
장 자신의 선실로 들어갔다.

입이 찢어진 사내는 여전히 조타키를 붙잡고 있었
다. 그가 만호를 향해 선장실 안으로 가보라고 손짓
했다. 선장은 기다리고 있었다는 듯 만호를 반겼다.
응접 테이블 앞의 의자와 술잔, 회유의 말과 극적인
표현들, 희망, 자유, 희생. 모든 게 반복되었다. 선장
은 세 명의 예비 선원들을 애정 어린 눈길로 어르고
있었다.

그러나 만호는 그의 말을 온전히 받아들일 수가 없었다.

"이 배는 어디로 갑니까?"

　만호의 물음에 선장은 폭소를 터트렸다.

"하나같이 똑같은 걸 궁금해하는군요. 가고 싶은 곳이라도 있습니까?"

"라스팔마스로 가고 싶습니다."

　선장이 자못 흥미롭다는 듯 되물었다.

"거기가 어딘지 아십니까? 지구 반대편에 있는 섬나라에 가고 싶은 이유라도 있습니까?"

　만호는 말하기를 망설였다.

"우리는 아프리카건 유럽이건 가지 않는 곳이 없습니다. 모든 정부 기관과 연결이 되어 있어요. 하물며 아프리카의 해적들까지도 우리와 함께합니다. 내가 이 바다에서 무엇을 만들어왔는지 아십니까? 관계입니다. 관계가 자유를 만들어요. 우리는 그들과 교역합니다. 물건을 사고, 물건을 팔고. 내가 팔지 못하는 건 아무것도 없어요. 원시 부족의 신성까지도 팔아버릴 수 있다는 겁니다. 그러니 카트리나의 선원은 축

복받은 거 아니겠어요. 내가 만들어놓은 세계에서 뛰어놀기만 하면 되니까요."

입이 찢어진 사내가 태풍이 근접하고 있다고 보고했다. 턱수염을 매만지던 선장은 광기에 찬 얼굴이 되어 속도를 높이라고 명령했다. 사내는 전진 레버를 앞으로 힘껏 밀었다.

"해가 뜨려면 아직 멀었습니다만 술은 식기 전에 드십시오."

만호는 그의 말에 최면이라도 당한 듯 술을 들이켜고 있었다.

"다만 세 사람을 모두 데려갈 수는 없을 것 같습니다. 우리와 함께하려면 반드시 선택되어야만 합니다."

카트리나는 세찬 파도를 가르며 앞으로 나아갔다.

선장실에서 빠져나온 만호는 갑판을 둘러봤다. 이 배를 타기 전까지만 해도 부두에서 하역 작업을 경험하며 여러 종류의 선박에 올라본 경험이 있었다. 사용 흔적이 없는 삭구와 멀끔한 바닥의 상태는 카트리나가 단순한 어선이 아니라는 걸 알려주고 있었다.

세관의 검열관들도 그걸 모를 리가 없었다.

갑판 위의 구식 크레인 옆으로 구명보트가 밧줄에 감겨 있었다. 가까이에서 확인하고 싶었던 건 바로 그 구명보트를 묶고 있는 밧줄의 매듭이었다. 그러나 등 뒤에서 누군가의 시선이 느껴졌다. 조타실의 통창 너머로 입이 찢어진 사내가 만호를 지켜보고 있었다. 만호는 짐짓 모르는 척 구명보트를 지나쳐 갑판의 난간에 기대어 저 아래를 내려다보았다. 굵직한 파도가 앞서거니 뒤서거니 배를 쫓아오고 있었다.

만호는 지하로 내려갈 때까지도 생각을 정리하지 못했다. 복도 끝 조리실에서 어떤 인기척이 느껴졌고, 나비문 너머로 영대의 뒷모습을 볼 수 있었다. 그는 마그네틱 바에 진열된 칼을 살피고 있었다. 만호는 서둘러 유민이 있는 첫 번째 선실로 들어갔다.

유민은 만호를 향해서 총을 겨눴다. 그러나 그건 꼭 만호를 향해 겨누고 있다고 할 수는 없었다. 누구라도 문을 열고 들어와 위협한다면 쏘아버릴 작정으로 가늠자에 온 신경을 쏟고 있는 행색이었다. 만호는 숨을 가다듬었다. 조금이라도 움직였다가는 유민이 곧장 방아쇠를 당길 수도 있었다.

"아직 선택 못한 거지요?"

총을 든 유민의 손이 떨려오는 걸 보고 만호가 한 말이었다.

"우선 저와 같이 숨어 있는 게 어떻겠습니까. 여기에 있다가는 정말 어떤 일을 당하게 될지도 모릅니다."

그러나 유민은 누구도 믿지 못하겠다는 듯 되물었다.

"선장실에 다녀온 거죠?"

만호가 고개를 끄덕였다.

"우리 모두를 받아들일 작정은 아닌가보더군요."

만호의 말에 유민은 생각에 잠겼다. 선장은 세 명의 선원에게 똑같은 말을 건넸고, 그들 스스로 결정하도록 기다리겠다고 했다. 그러나 그건 결정을 맡긴다는 말이라기보다는 살아남기 위해서는 반드시 다른 누군가를 해치워야 한다는 의미에 가까웠다. 복도에서 다른 선실의 문이 열리는 소리가 들렸다. 만호는 영대일 거라고 짐작했다. 누군가 3호실의 문을 열면 매복하고 있던 영대가 칼을 쓸 것이었다. 밤새 촘촘하게 줄을 친 거미처럼 먹이를 기다리는 것이다.

"선장이 말하는 걸 들었잖아요. 카트리나의 선원이 되는 게 더없는 자유를 누리는 것처럼 말하지만, 잘 생각해봐요. 어떻게 이런 배가 항구에 정박해 있었겠어요. 세관에 뒷돈을 대니까, 그들이 눈감아준 겁니다. 그런 식으로 전 세계의 바다를 유랑한다는 명목을 만들어낸 거라고요."

차유민은 만호의 말에 어떤 대꾸도 하지 않은 채 총을 겨눌 뿐이었다.

만호는 유민을 두고 나올 수밖에 없었다. 복도로 빠져나온 만호는 침착하게 정황을 살펴나갔다. 만약 영대가 항구로 돌아가겠다고 한 말이 사실이라면 함께 구명보트를 내릴 수도 있을 것이었다. 그러나 만호는 영대에게 좀체 마음이 기울지 않았다. 그가 사람 머리를 향해서 도끼날을 휘두르던 장면이 수시로 떠올랐다. 지금으로선 무엇도 쉽사리 판단할 수가 없었다. 결국 만호는 혼자서라도 구명보트에 탑승할 작정이었다. 만호가 냉동창고로 통하는 두꺼운 방열문을 열어본 건 마지막으로 낙수에게 전할 말이 있어서였다.

냉동창고는 의외로 넓고 깊었다. 천장에는 붉은 조

명이 흐릿하게 비치고 있었다. 찬 기운에 입김이 쏟아져나왔다. 한쪽에는 정체불명의 포대가 쌓여 있었고, 그 옆으로 길고 커다란 상자가 각을 맞춰 정돈되어 있었다. 민어나 삼치, 어쩌면 참치 같은 걸 보관하는 상자 같았다. 거기에 낙수의 시신이 있을 것이다. 가까이에 있는 상자를 하나 열어보자 비닐에 쌓여 있는 시신이 보였다. 불현듯 만호는 죄책감이 밀려들었다. 그에게 호의적으로 대하지 못한 게 마음에 남아 있었다. 만호는 선실에서 챙겨온 낙수의 옷가지를 시신 위에 덮어주었다. 짧은 인연이었지만 그가 살렸으므로 기필코 살아남을 작정이었다. 살아나갈 수만 있다면 모든 걸 새롭게 시작할 수 있을 것만 같은 기분에 휩싸였다. 그러는 동안 만호의 두 눈은 어두운 냉동창고에 점점 익숙해졌고, 그 상자에 들어 있는 시신이 뭔가 이상하다는 걸 알게 되었다. 어디로 봐도 낙수의 체격과 달랐다. 늙은 기관장도 아니었다. 그건 오래전 카트리나에서 목숨을 잃은 이름 모를 선원의 시신이었다.

그때였다. 누군가 냉동창고에서 기척을 냈다. 만호

는 서둘러 상자 뒤로 몸을 숨겼다.

"저예요."

차유민이었다.

"여길 들어오는 걸 봤어요."

만호는 그의 말을 기다렸다.

"어떻게 하려고요?"

"갑판 위에 구명보트가 있어요. 가만히 있다가 죽을 수는 없잖아요. 갈 데가 있으니 같이 가보는 게 어떻습니까. 거기에선 누구도 그쪽을 찾지 않을 거예요. 도와줄 사람이 있을 수도 있습니다."

"그게 누구죠?"

"아버지입니다."

유민은 더는 묻지 않았다. 그는 만호를 따르기로 했다. 그런데 상자를 본 유민은 순식간에 굳어버리고 말았다. 유민에게 익숙한 종류의 상자였기 때문이다.

유민은 해군의 행정실에서 근무하고 있었다. 제3세계에 인도적 차원으로 보내는 군수물자의 포장과 바코드 넘버를 기입하는 게 유민의 주된 임무였다. 그러나 일을 지나치게 성실하게 하다 보면, 그것대로 눈살을 찌푸리는 사람이 생기기 마련이었다. 유민의 상사도 그런 부류였다. 이제 막 병장으로 진급한 그는 일병인 유민의 능력을 탐탁지 않게 여겼다. 뭐든 재빠르게 해내어 보급관에게 칭찬받거나 훈련에서도 열외되는 꼴에 절로 짜증이 일었다. 그럴수록 그는 유민에게 살갑게 대했다. PX에 데려가서 간식을 실컷 사준다거나, 보급품을 빼돌려 속옷이나 양말을 선물하기도 했다. 유민의 관물대는 일병에게 어울리지 않게 화려했고, 그건 유민이 감당해야 할 물건이 많아졌다는 뜻이기도 했다. 화근이 된 건 빨래였다. 보급관의 신임을 받는 유민이 많은 업무를 떠맡고 있었고, 며칠째 빨래를 하지 못해 관물대 서랍에 속옷을 넣어둔 게 실수였다. 가만 지켜보고 있던 병장은 점호 때 내무반을 이쪽저쪽 기웃거리다 유민의 관물대를 엎어버렸다. 거기에는 자기가 선물한 팬티와 양말이 한가득이었다. 병장은 유민의 후임들에게 속옷 냄새를 맡으라고 시켰다. 양말을 들고 어떤 냄새가 나는지 묘사해보라고도 했다. 이게 병영 규칙에 어울리는 냄새인지를 물었다. 속옷을 간수하지도 못할 거면서 대체 왜 이렇게 욕심을 내고 있는지 그 심정을 말해보라고 했다. 유민에게는 한마디도 하지 않았다. 갓 자대 배치된 이등병들은 상관의 말에 복종할 수밖에 없었다. 아무것도 모르는 이등병들이 일병 차유민의 땀에 절은 팬티를 손에 쥐고 코에 가져다 대며 냄새를 맡았다. 병장은 신참에게 그걸 빨아오라고 했다. 유민은 고통스러웠다. 일찍 부모를 여의어 외로움 속에서 버텨온 숱한 세월이 일순간 허무 속에서 바스라지는 기분이 들었다. 유민은 떠나고 싶었다. 이곳이 아니라면 어디라도 좋을 것이었다. 유민은 해안 경비 일정을 모두 파악하고 있었으므로, 관사를 빠져나가는 일은 어렵지 않았다. 그러나 그걸 어떻게 알아차렸는지 신참이 쫓아와 유민을 붙잡았다. 유민은 이등병의 떨리는 손에서, 그의 침통한 얼굴에서 어떤 불안을 엿보았다. 유민이 사라지면 그 수모가 자신에게 전가된다는 것을 아는 원망 섞인 얼굴이었다. 신참을 군수창고로 데려간 유민은 긴 상자를 개봉해 무엇이든 가져가도 좋다고 말했다. 그는 한참을 고민하더니, 권총 한 자루를 손에 쥐었다.

"내가 들고 달아났다고 해."

유민이 해줄 수 있는 마지막 선물이었다.

바로 그 상자였다. 유민이 군수물자를 포장하고, 바코드 넘버를 기입했던 그 상자가 눈앞에 있었다. 그게 무얼 의미하는지 유민은 한참을 생각했다. 이 배가 어디까지 연결되어 있는지, 군에게서 어떤 물건을 납품받고 어떤 것을 제공하는지, 그 박스에 들어 있는 한 사람의 시신을 어디로 옮기게 될지, 영혼을 잃은 육신의 운명은 어떻게 될는지. 그런 생각에 확신을 더하듯 만호가 말을 이었다.

"선장은 자신이 팔지 못하는 건 아무것도 없다고 그런 말을 했습니다."

그들 뒤로 몇 개의 상자가 각을 맞춰 쌓여 있었지만 그걸 열어볼 엄두가 나지 않았다. 자신의 선원이 주검으로 돌아왔을 때 선장이 왜 그렇게 기계적으로 행동했는지, 둘은 그제야 그 태연함의 진실을 알게 되었다. 지하의 선실은 모두 카트리나 선원들의 방이자, 언젠가 상품이 되어 팔려나갈 물건들의 임시보관소였다.

누군가 냉동창고의 육중한 문을 열어젖혔다.

"여기 있겠네. 얼른 나와. 귀찮게 굴지 말고. 그럼 또 모르잖아, 내가 고통 없이 끝내줄지."

영대였다. 그는 이제 숨길 것도 없고, 숨길 필요도 없다는 듯 노골적으로 굴었다. 만호와 유민이 한편이 되어 자신을 노리고 있다고 생각한 것이다. 유민이 총을 꺼내려 했지만, 만호가 이를 말렸다.

"잠깐만. 누가 또 있어요."

만호가 속삭였다.

영대의 뒤에는 누군가 서 있었다. 영대는 아직 그걸 알아차리지 못한 듯 보였다. 입이 찢어진 사내가 와이어 로프로 영대의 목을 휘감아 챘다. 영대는 덫에 걸린 생쥐처럼 몸을 비틀며 고꾸라졌다. 사내는 로프를 한 바퀴 더 휘감았다.

"너희가 죽였지. 너희가 죽이고 시치미 뗀 거 모를 것 같아?"

사내의 눈이 희번덕거렸다.

영대는 발버둥쳤다. 순식간에 일어난 일이었다. 몸을 휘적거릴수록 목젖이 타오를 것처럼 고통스러웠다. 정신이 혼미해졌다. 영대는 마지막 힘을 짜내어 쥐고 있던 칼을 바닥으로 내리쩍었다. 사내의 발등에 식칼이 꽂혔다. 사내는 몸을 뒤틀며 괴로워했다. 그 틈에 영대가 목에 휘감겨 있던 와이어로프를 풀어냈다. 그러고는 사내가 했던 방법대로, 그의 등 뒤로 돌아가서 로프를 목에 감고 잡아당겼다. 숨겨왔던 광기가 돌이킬 수 없을 만큼 그를 밀어붙였다. 사내가 고통 어린 신음을 내질렀다. 영대는 몸을 힘껏 뒤로 젖히며 로프를 옥죄었다. 뚝, 하는 소리와 함께 그의 목이 꺾였다. 사내의 찢어진 입술에 긴장이 풀어지더니 그 사이로 피가 흘러내렸다. 영대는 숨을 몰아쉬며 냉동창고의 어둠을 바라보았다. 어둠 저편으로 만호와 유민의 얼굴을 똑똑히 볼 수 있었다. 그러나 그 순간 영대의 온몸에 환희의 전율이 흘렀다. 사내가 죽었으니, 이제 이 배를 지킬 사람은 선장밖에 없었다. 돌아가 배를 사들이겠다는 생각 따위는 하나도 중요하지 않았다. 모든 게 운명 같았다. 자신을 여기까지 이끈 건 다른 무엇도 아닌 카트리나라는 생각마저 든 것이었다. 영대는 사내의 발등에 꽂힌 칼을 뽑아 들고는 갑판 위로 올라갔다.

씩씩대던 영대의 발걸음 소리가 사그라들자 만호와 유민은 죽은 사내를 지나쳐 복도로 빠져나왔다. 그때까지도 둘은 영대가 하려는 짓을 알지 못했다. 그러나 갑판 위로 올라가자 모든 게 확실해졌다. 통창 너머에서 영대와 선장이 대치하고 있었다. 그들이 몸싸움을 벌이는 그 순간이 기회였다. 만호와 유민은 갑판의 한편에 묶여 있는 구명보트로 달려갔다. 보트의 매듭은 쉽사리 풀어지지 않았다. 묶인 이래 한 번도 풀려본 적이 없는 밧줄이었다. 선장이 조타기를 놓친 이후로 배가 옆으로 휘청거렸다. 통창으로 핏물이 튀었다. 조타실 내부는 더없이 잔혹해지고 있었다. 만호가 총을 꺼내어 밧줄을 끊으려고 했지만 바로 눈앞에서도 그걸 맞추기란 쉽지 않았다. 배가 흔들리는 바람에 자꾸만 총알이 빗나갔다. 그러는 동안 데크하우스에서 한 사람이 내려왔다. 선장이었다. 갑판으로 걸어 내려온 그는 구명보트를 풀어내려는 두 사람을 향해 손을 뻗었다. 그는 여태까지와는 전혀 다른 모습이었다. 누군가 전원 스위치를 단숨에 내려버린 것처럼 껍데기만 남은 채였다. 그의 등 뒤에 영대가 서 있었다. 선장은 무릎을 꿇고 고개를 숙였다. 파도가 선측을 강하게 때렸고, 그는 옆으로 고꾸라졌다.

영대는 선장실로 돌아갔다. 그는 자신의 광기에 완전히 젖어들었다. 배의 속도를 천천히 줄인 뒤 좌현으로 조타기를 감았다. 뱃머리가 급박하게 선회하더니 갑판 위의 삭구가 왼편으로 쏟아져내렸다. 크레인의 붐 대가 움직이며 끝에 걸린 후크가 날아다녔다. 후크는 어떤 흉기보다 강력하게 갑판 위를 휩쓸어갔다. 배가 완전히 반대 방향으로 꺾인 이후에야 영대는 묵직한 조타기를 풀어냈다. 그는 태풍을 관통할 작정이었다. 갑판 위의 모든 것을 날려버리고, 완전히 새롭게 시작할 생각이었다. 거기에는 상념이나, 희망, 용기, 분노 같은 감정은 조금도 없었다. 그가 이 바다에서 낚은 건, 여태껏 상상도 해본 적 없었던 종류의 대어, 96톤의 트롤선 카트리나였다.

만호의 몸이 공중으로 떠오르다 추락했다. 바다가

요동치고 있었다. 카트리나를 거의 뒤집을 뻔했던 위력적인 파도는 영대의 기지로 뱃머리에서 부서져내렸다. 갑판 위는 아수라장이었다. 낡은 크레인의 붐헤드가 기어코 떨어져나갔다. 카트리나는 전속력으로 바다를 헤쳐나갔다. 그런데 어느 순간부터 유민이 보이지 않았다. 유민은 데크하우스로 올라가는 계단 앞에 서 있었다. 자세를 잔뜩 낮추고 총을 쥔 채로 통창 저 너머에서 광인이 된 영대를 겨냥하고 있었다. 어쩌면 그게 마지막 기회일지도 몰랐다. 유민이 방아쇠를 당겼다. 통창을 관통한 총알은 영대를 스쳐지나갔다. 영대는 자신을 위협하는 유민을 내려다보았다. 그는 조타키를 또 한번 크게 휘감으며 갑판 위를 아수라장으로 만들어놓을 작정이었다. 배가 기우뚱해졌고, 유민은 계단에서 굴러떨어졌다. 그 순간 균형을 잃은 크레인의 후크가 구명보트의 밧줄 하나를 낚아챘다. 구명보트의 뱃머리가 아래로 축 늘어졌다. 이제 선미의 밧줄만 풀어내면 구명보트는 카트리나에서 분리될 것이다.

먼바다에서 결집한 새 파도가 몸을 키우고 있었다.

길고 하얀 구름이 만호의 눈에 들어왔다. 하늘과 바다 사이를 지우개로 지워낸 듯 새하얘서 꼭 그 부위만 찢겨나간 건가 싶은 정도였다. 만호는 얼마 지나지 않아 그 길고 하얀 정체가 구름이 아닌 파도라는 걸 알게 되었다. 거대한 산맥이 움직이고 있다고 해도 좋을 정도로 무지막지한 파도가 하얀 거품을 끌어올리며 높이를 키워나갔다. 영대도 그걸 보았다. 영대는 급격히 조타 핸들을 좌현으로 기울였다. 파도는 배가 기운 그 순간만을 엿보고 있었다. 배가 천천히, 아주 천천히 아래로 가라앉고 있었다. 바다는 카트리나를 중심에 두고 거대한 홀을 만들어나갔다. 하늘에서 본다면 카트리나는 마치 개미지옥에 빠져버린 한 마리의 작은 곤충처럼 보일 것이었다. 개미귀신의 집게 같은 파도가 카트리나의 하층부를 찢어발기려 하고 있었다. 손 쓸 도리 없이 아래로 끌려간 배는 더 큰 위험을 마주해야 했다. 물을 한껏 끌어모은 파도가 수평선처럼 제 몸을 펼쳤다. 마침내 파도는 중력을 이겨냈다.

그러나 파도의 목적은 영대나 만호가 아니었다. 돈

이 든 가방이나, 약이 든 가방은 더더욱 아니었다. 하늘과 바다, 이승과 저승, 과거와 미래의 경계를 관장하는 고대 여신의 이름에 근원을 두고 지어진 카트리나도 아니었다. 파도는 이제 파도라고 부를 수 없을 만큼 거대해졌다.

만호는 파도가 무얼 하려는지 알 수 없었다. 그 순간 그 파도 속에서 어떤 얼굴이 나타났다. 그건 한눈에 알아차릴 수 있을 정도로 친숙한 얼굴이었다. 성주댁이 희미한 미소를 품은 채 만호를 바라보고 있었다. 가늘게 긴 눈썹과 투명한 눈동자, 도톰한 콧방울과 아담한 입술, 그건 만호가 태어나 처음 보았던 세상의 얼굴이었다. 바로 그때 발끝에 닿는 게 있었다. 똬리를 튼 뱀처럼 둥글게 말려 있는 밧줄이었다. 밧줄의 끝은 성질이 난 방울뱀처럼 꼬리를 세우며 바람에 흩날리고 있었다. 입이 찢어진 사내가 놓아둔 것일까. 어쩌면 늙은 기관장이 둔 것일 수도 있었다. 만호는 밧줄을 크레인의 몸체에 묶었다. 크레인의 기둥은 배의 심지처럼 완강하게 박혀 있었다. 밧줄의 반대쪽 끝은 허리에 묶었다. 만호는 유민을 향해서 달려갔다.

바람이 밀어주니 순식간에 뱃머리에 닿을 수 있었다. 유민은 만호의 얼굴을 보더니 번득 정신이 든 모양이었다. 만호는 밧줄에 매듭을 만들어 유민의 허리에 묶었다. 그들은 갑판을 기어가다시피 해서 구명보트를 향해 조금씩 나아갔다. 그들이 카트리나를 탈출할 수 있는 유일한 방법은 구명보트에 올라타는 일이었다.

바로 그때였다. 만호는 그날 본 것이 실제로 벌어진 일인지 확신을 가질 수가 없었다. 그러나 바다에서는 종종 믿기 힘든 일들이 일어나기 마련이었다. 카트리나라는 배의 정체가 원래부터 그러했다고, 그렇게 믿을 수밖에 없었다.

만호는 조타기를 붙잡고 있는 영대의 주변으로 수십 명의 사람들이 서 있는 장면을 보게 되었다. 그들은 하나같이 처연한 눈으로 영대를 바라보고 있었다. 유민의 눈에도 그게 보였다. 태풍이 카트리나에서 목숨을 잃은 유령들을 일시적으로 되살려낸 것이다.

그러나 오직 영대만이 그들의 존재를 알아차리지 못했다. 영대는 여전히 흥분을 감추지 못한 채였다. 그는 이제 카트리나의 선장이 되어 이 바다를 평생

군림하며 지낼 희열에 벅차올랐다. 그러나 그런 순간은 찰나에 불과했다. 그저 이 모든 일의 승자는 자신이라는 어리석은 믿음으로 인해 제 몸에서 일어나는 불쾌한 자극을 예사로이 받아들이지 못한 것이다. 카트리나에서 죽은 선원들이 그를 선장으로 받아들일지 결정하는 동안, 영대는 바로 그곳에서, 카트리나의 가장 높은 조타실에서 심판받고 있었다. 영대는 몸에 마비가 온 것처럼 움직일 수 없었다. 미지의 힘이 그의 머리를 조타기의 열린 틈으로 이끌었다. 영대는 자신의 꼬리를 삼키고 있는 그 섬세하고도 화려한 뱀의 형상을 눈앞에서 보게 되었다. 조타기가 그들의 단두대였다. 영대는 손 쓸 도리 없이 머리가 바쳐져 심판을 기다렸다. 마침내 논의를 마친 카트리나의 유령들은 선고를 내리기로 결정했다. 파도가 카트리나를 뒤흔들었다. 조타기가 영대의 목을 비틀었다. 그 순간까지도 영대는 오래전 멸치배에서 죽음을 맞이했던 그 선원의 혼이 선장실 한편에 서 있었다는 사실을 몰랐을 것이다. 처형은 단숨에 끝났다.

만호와 유민은 구명보트에서 그 광경을 지켜보고

있었다. 그들은 서둘러 배에서 탈출해야 했다. 그러나 한 가닥의 밧줄이 아직도 풀리지 않고 구명보트를 붙들고 있었다. 구명보트에서 내린 사람은 유민이었다. 유민은 밧줄을 앞니로 물고 매듭을 풀어나갔다. 꼬여 있는 밧줄 사이로 핏물이 들었다. 매듭이 벌어지기 시작하더니 마침내 손가락이 들어갈 틈이 생겼다.

조타실에 머무르고 있던 카트리나의 유령들은 또 다른 자를 심판대에 올려야만 했다. 이 배는 개인의 힘으로는 멈출 수 없는 운명이었기 때문이다. 그들의 시선은 갑판 위에서 밧줄을 풀고 있는 유민과 구명보트에 타고 있는 만호에게 닿았다.

누가 새 시대를 이끌게 될 것인가.

그들이 물었다.

이제 유민이 밧줄을 놓기만 하면 구명보트는 카트리나에서 풀려나와 분리될 것이었다. 그러나 그 순간 유민과 만호는 배가 건네는 무언의 메시지를 듣게 되었다. 카트리나가 그들에게 말을 걸었다. 태풍이 몰아치는 바다 위에서 시간이 멈춘 듯 모든 게 정지했다. 그들은 어떤 간섭도 받지 않고 대화해나갔다. 조타실에 모인 카트리나의 유령들은 갑판 위에서 고투하는 가여운 사내들을 연민에 찬 눈으로 내려다보고 있었다.

'시험에 들지 않으면 너희 둘 다 죽게 될 것이다.'

유민과 만호는 동시에 그들의 목소리를 들었다.

"어서 넘어와."

만호가 소리쳤다.

유민은 만호를 바라보며 고개를 흔들었다. 애초에 유민은 돌아가지 않을 작정이었다. 누구든 자신의 여정을 결정할 권리가 있었다. 유민은 언젠가는 만호도 그 결정을 이해할 수 있을 거라 믿었다.

"아버지가 계신, 거기가 어디라고 했습니까?"

그 말이 마지막이었다. 유민이 밧줄을 놓아버리자 오래된 유령들을 태운 카트리나는 태풍의 저편으로 빨려들어갔다. 구명보트는 바다 반대편으로 어지러이 휩쓸려갔다.

묘박지

스미스요? 12~13년 탔지. 이 정도면 현역이지 아직. 한참 때 우리 배 지나가면 쳐다보는 사람이 한둘이 아니었어. 소리가 달라. 왜 우리 섬에 스포츠카 한 대 지나가면 다들 힐끔거리잖아. 스피드 보트까진 못되어도 이만하면 잘 빠졌다니까. 재밌는 건 배에 탄 사람들이지. 내가 낚싯배만 제법 오래 했거든. 이 배 이전에는 중고로 샀었고. 돈이 제법 된다 싶어서 대출금 끌어모아 이 녀석을 장만했지. 그런데 손님이 두 배로 느는 거야. 낚시꾼들이라고 하면 모두 손맛만 즐기러 바다에 나간다고 생각하는데 안 그래. 이 사람들은 발바닥을 느끼는 거야. 여길 봐요, 갑판 위에 나보다 키가 큰 게 하나도 없잖아. 선장실도 일부러 낮춰서 설계하고, 데크하우스 위에 이름도 여기서 내가 붙였거든. 내 키에 안 닿는 게 하나도 없어야 한다 싶었어. 그래도 굴뚝은 규정이라는 게 있더라고. 어쩔 수 없이 저기 달려 있지만, 저것만 아니면 이건 잠수함이라 해도 믿지 않겠어? 스포츠카도 잘 나가는 건 벌레마냥 납작하잖아. 우리 배가 딱 그래요. 외국에서는 대장장이인가? 뭐 그런 이름으로 썼다면서. 도사한테 받아왔다니깐. 나랑 배 타고 나간 사람들은 슬쩍 선장실로 와서 지폐를 몇 장 찔러주기도 해요. 속도 좀 내달라고. 그러면 내가 또 서비스는 제대로 하는 놈이니까 냅다 레버를 밀어붙여요. 뱃머리가 슬슬 들리다가 파도가 반동을 줘서 첨벙첨벙하거든. 물수제비 있잖아요. 딱 그 모양이라니까. 힘이 얼마나 센데. 내가 그 사람들한테 말을 안 해서 그렇지, 최고로 밀어붙이면 수직으로 바짝 서서 공중으로 날아갈 기세야. 미사일 있잖아요. 날개만 달렸으면 저 태양까지 날아가고도 남지. 못 믿겠으면, 한번 타

보든가. 아유, 내가 그 돈을 다 받겠어요? 가볍게 나
갔다 오는 거지 뭐. 누구? 아, 심 선장님. 우리 항구에
서 내가 제일 존경하는 분인데, 왜 모르겠어. 그 양반
이 우리 배를 살린 적이 있어요. 우리 단골이 있거든
요. 이 사람이 웨이크보드, 제트스키 뭐 이런 걸 즐기
는, 말하자면 속도에 환장한 사람이야. 이 사람 분명
한 건 낚시하는 사람이 아니라, 물속에서 움직이는
것들을 구경하러 여길 나온 사람이라니까. 물고기가
신기한 거지. 수중에서도 어떻게 이렇게 유연하고 빠
를까. 맞아요, 늘 그 사람이랑 둘이 나갔어. 비서는 항
구에서 기다리고, 우리 둘이 스피드를 즐기다 오는
거지. 한 명이라도 더 나가면 무게가 생겨서 속도가
줄어들 거 아냐. 나가서 양주 한 병 딱 마시고 돌아와
요. 회도 내가 치고. 뭐 한다고 그런 짓을 하나 몰라.
그런데 그날은 조금 더 나가보자고 돈을 찔러주는 거
야. 찔러주는 것치곤 액수가 제법 크기도 했어. 워낙
통 큰 양반이니깐. 엔진이 덜덜 떨리도록 속도를 내
는데, 우리야 사람이니깐 뭐라도 붙잡고 있으면 되지
만, 갑판 위에 쟁여놓은 기름통 하나가 날아가버린

거야. 나도 뭐 그럴 걸 알았나. 그 순간 그 사람이 더, 더, 더 하면서 온몸을 부르르 떨더라고. 나이도 열 살 정도는 어린놈이었는데.

기름통이 떨어졌다는 말도 못했어. 그냥 한번 해보자 싶었던 거야. 스미스가 발악하더라고. 통통거리며 수면을 치는데, 와 아찔하더라고. 그때 내가 그 사람 표정을 봤거든? 이 미친 새끼가 느끼고 있더라고. 완전히 몰입해선 여기가 어딘지도 몰라. 얼마나 당황했다고. 돌아가면 두 번 다시 상종하나봐라, 이러고 있는데, 엔진 속도가 점점 줄어드는 거야. 그제야 기름이 없다는 걸 알았어요. 아무리 전진 레버를 밀어도 안 되는 건 안 되잖아요. 우리 배는 아시다시피 돛도 없고, 노도 없어요.

하는 수 없이 전화를 걸었어. 멀쩡히 신호가 또 가더라고. 그렇게 멀리 나온 건 아니었나봐. 누구에게 걸겠어. 심 선장님이지. 한 시간도 안 지나서 우릴 구하러 왔더라고. 얼마나 혼났는데, 예비 기름도 없이 이 멀리 나왔다는 건 선장 자격이 없는 거거든. 게다가 손님까지 태우고 있었으니까. 난 아무런 말도 못하고 있는데, 그 사람이 지갑에 남은 돈을 심 선장님에게 건네더라고. 그때 심 선장님이 그 사람 뺨을 후려쳤어요. 아마 다 알고 있었을 거야. 예비로 늘 그 자리에 있었던 기름통 자체가 안 보였으니까. 게다가 한 번씩 항구 내에서는 속도를 줄이라고 언질도 줬었거든. 아찔했어요. 그 손님이 제 화에 못 이겨서 주머니에서 칼을 꺼내더라고. 난 칼이 있는지도 몰랐어요. 뭐 회를 치려고 그랬을 수도 있겠지. 낚시도 제대로 못하는 양반이긴 했지만. 아무튼 그렇게 대치하고 있을 때, 심 선장님이 뭐라는 줄 알아? '내가 당신을 살렸으니, 당신도 나를 살려주시오. 그럼 우리 둘은 무사히 돌아갈 수 있으니' 이러더라고요. 그 뒤로 두 척의 배가 나란히 항구로 돌아왔어요. 그 사장, 깍듯하게 심 선장님에게 인사하더니, 비서가 문 열어주는 차에 올라타고 사라져버렸어. 다신 찾아오지 않더라고요. 나도 아쉽긴 해도 그런 사이코 같은 손님 안 만나니 얼마나 좋아. 심 선장님은 다 알고 있었던 것 같아. 이러다간 언젠가 스미스호가 화를 당할지도 모른다고 말이야.

수색? 안 힘들어요. 몸도 하나도 안 힘들고, 피곤하
지도 않아요. 그런데 이게 맞는가 싶은 거지. 과연 심
선장님은 우리가 본인을 찾아내길 원하고 있는지, 그
건 알 수 없잖아요.

✦

이름은 와예? 안 보입니까. 글자가 너무 작다고예?
그럼 한 발짝 더 가까이 다가와 보소. 대림이 아니라,
태림. 아들내미 이름입니다. 우리 배? 28년은 됐지.
다 잡아예. 요 시장에 들어가는 횟감은 여기 전국구
선장 손을 다 거쳐야지예. 맞아예, 본명이라예. 저 밧
줄은 시골에서 소 잡을 때 다리에 묶는 거라예. 절대
안 풀려예. 전구? 불이 밝아야 고기들이 몰리지. 오징
어도 모으고, 고등어도 모으고 그럽니다. 저걸 몰라
요? 하나는 태극기고, 용 그림이 그려진 건 우리 선사
표식 아닙니까. 그라믄예. 유명하지예. 전국구도 모
르고 여기 왔습니까. 뭐, 스미스? 장난감 배 타는 청
년회장 말하는갑네. 귀엽지예. 목욕탕에서나 가지고

노는 걸 물에 띄워놓고 용돈벌이나 하자는 거 아니겠
습니까. 전국구는 그런 장난 안 칩니다. 낚시예? 그런
걸 힘들게 왜 합니까. 시간이나 때우자면 몰라도, 한
두 마리 잡아가 여기 이 선원들 집엔 또 얼마를 보낼
라꼬 그래예. 당연히 자부심이 있지예. 나를 만나면
그래도 어데 중소기업 다니는 것보단 나을기라예. 내
선원은 내가 챙깁니다. 내 배에 탄 이상은 한 식구라
봐야지예.

　누구예? 심 선장? 아, 그 사람 모르면 됩니까. 우리
배도 한땐 거기서 기름을 넣었는데. 중간에 바꿨어
예. 인맥으로 장사하기엔 한계가 있어예. 우리 배는
기름을 원체 많이 먹거든. 선장님이 꼼꼼하긴 해도,
우리 배 상대하려면 일을 두 번 해야 해. 근데 4년 전
이었나, 스톤 오일이라고 알지예. 전 세계에서 제일
크다더만. 거기서 배를 몇 척 사서 항구에 진입했어
예. 우리도 미안했지. 근데 어쩌겠어예. 다 이해할 겁
니다. 여기 내가 왜 나와 있겠어예. 다 돈 때문이지.
조금이라도 싼 기름 넣으면, 선원을 하나 더 구할 수
있어예. 윤활유에, 엔진오일에, 보조 기름까지 한 번

넣으면 사오천은 기본인데, 무성호가 두어 번 왔다 갔다 할 동안 직원들은 또 대기하고 확인해야 하고. 뱃일이라는 게 정으로만 해결되는 게 아닙니다. 안타깝지 왜 안타깝지 않겠어예. 내가 거래하고 말고 하는 문제와는 본질이 다르지예. 사람이 말을 이상하게 하네. 나도 스페인이고, 하와이고 다 갔다 온 사람이라예. 심 선장님도 내 선배고, 내가 뭘 그리 냉정하게 했어예. 여기 있는 선장들한테 다 물어봐요. 스톤에서는 기름 넣어주면 명절마다 직원들 선물도 다 보내고, 얼마나 잘 챙겨주는데예. 내가 아무 생각 없이 여기 나와서 일하는 줄 압니까. 여기가 뭐 장난인 줄 알아예. 엄연히 회사라고. 우리도 규칙이 있고, 비즈니스가 있고, 관계가 있는 곳이라고예. 알겠어예?

✦

　강진석입니다. 네, 맞습니다. 전남 강진에서 왔습니다. 아버지가 선주로 등록되어 있습니다. 지금은 병원에 계셔서 제가 대신 운항하고 있습니다. 큰 병은 아니고, 협착증 수술을 받았습니다. 아무래도 배에서는 허리를 숙일 일이 많거든요. 밧줄을 묶거나 풀 때도, 당기거나 놓을 때도 다 허리로 합니다. 이젠 고생 그만 시키고 싶지요. 그래서 제가 해본다고 했습니다. 아니요. 자격증은 아직 없고, 이건 어디 말씀하시면 안 됩니다만, 저는 잠수기능사를 일찍 취득했고, 산업잠수사로도 일하다가 어쩌다 보니 여기에 와 있네요. 배 모는 것보다는 물에 들어가는 게 더 편하지요. 그래도 무성호 선장님이 아버지 옛 지인이라 하셔서 일찍 와보게 되었습니다. 물에요? 없을 거예요. 그 경력에 배 몰고 간 분이라면 절대 물에는 안 빠집니다. 원래 그래요. 물에 빠지는 사람들은 물을 모르는 사람들입니다. 마도로스는 본능적으로 안 빠집니다. 장담합니다.

원래는 벚굴을 캤어요. 광양에서 오래 지냈습니다. 거기서 결혼도 하고, 애도 보고 했습니다. 월급이 부족한 건 아니었고, 워낙 좁은 동네라, 이 식당 저 식당 다툼이 생겨서 잠수사들만 꽤 고생했습니다. 한번 내려가면 몇 개 식당에 납품할 정도로 캐서 나오거든요. 그걸 또 독점하려는 사람들도 있었고. 그러다 보니 잠수사들 몸값이 올라간 겁니다. 굴을 다 캔 밑바닥에서 아무것도 건져올릴 게 없어지게 되면 계약이 종료되는 게 이 바닥입니다. 생리가 그렇습니다. 그러다 보니 전속으로 소속되는 잠수사들이 많아졌고, 그 사람들이 제일 위험할 거예요. 한 철에 돈이 얼마나 벌릴지 알고 나면 쉽게 포기하지 못합니다. 원래 그렇잖아요, 사람이 원래가.

밑에 가면 뭐가 보이겠어요. 저기 아래도 결국 다 밭입니다. 뻘밭이죠. 강물과 바닷물이 만나는 곳에서만 나는 생물이라, 귀하게 다뤄야 합니다. 막 캐서 씨를 말려버리면 안 된다는 것이지요. 뭘 먹겠습니까. 강에서 온 양분과 바다의 양분을 다 흡수해버리니 그렇게 크기가 크지요. 벚꽃이 필 때 수확해서 벚굴이라 부른다지만, 실상은 왕굴이나 강굴이라 불러야 더 어울릴 겁니다. 그런데 이 굴이 말입니다. 모래를 입으로 먹고, 위하고 장으로 한 바퀴 돌린 다음에 아가미를 거쳐서 항문으로 내뱉거든요. 미생물을 먹으면서 양분을 보충하는 거죠. 어느 날 문득 그런 생각이

들었습니다. 나도 한 마리의 굴일 뿐이구나. 먹고 싸고 먹고 싸고 그렇게 몸집만 키우다가 다 커져버리면 잡아먹히는 거지요. 그런 생각이 든 이후로는 우울증이 왔어요. 우울증이 먼저 와서 그런 생각이 든 건지도 모르고요. 이제는 살아 있는 건 잡지 않고 그냥 둡니다. 전 물밑에 죽어 있는 시신을 건져올리는 일을 합니다.

그래서 말인데요, 저에게는 기대하지 마세요. 심선장님은 물밑에 계실 분이 아닙니다.

또 다른 문

모자를 눌러 쓴 규보는 항구 방파제에서 낚싯배 한 척을 바라보고 있었다. 간조로 물이 빠져나간 항구는 빛바랜 사진처럼 쓸쓸한 인상을 주었다. 한 원장은 항구에 나가서 보이는 대로 마음껏 써보라고 했지만, 규보는 무얼 써야 좋은지 도무지 알 수 없었다.

오토바이 한 대가 방파제 옆을 지나갔다. 규보는 그 소리를 듣자 왠지 모르게 무성호를 떠올렸다. 오래된 엔진 소음 탓일 것이다. 오토바이는 어느 한 곳을 향해 달려갔고, 규보는 그 모습을 지켜보았다. 어느덧 해가 지고 있었다. 항구 곳곳에 저녁 바람이 스며들었다. 규보가 움직이자 갯바위에 붙어 있던 벌레들이 흩어져 달아났다.

규보가 불현듯 뒤를 돌아 바다를 바라본 건 그저 우연한 행동이었다. 저 멀리서 배 한 척이 지나가고 있었다. 항구에서 늘 볼 수 있는 그런 평범한 배였다. 배 위에 선 사람이 항구를 향해 손을 흔들고 있었다. 규보는 그 인사가 자신을 향하고 있는 것만 같았다. 선착장에는 아무도 보이지 않았다. 그가 보내는 무언의 인사에 규보의 가슴 한쪽이 저릿했다. 그가 심 선장이라면, 아버지가 인사를 보내온다면 어떻게 해야 할지 생각하자 규보는 먹먹해졌다. 배 위의 그는 아직도 규보를 향해 손을 흔들고 있었다. 그러나 규보는 그걸 지켜볼 뿐 인사에 대한 대답을 정중히 유보했다. 아직은 끝인사를 나눌 때는 아니라고 되뇌며 두려움을 삼켰다.

바다는 조금 더 어두워졌다. 그는 이제 조타실로 들어갔다. 작은 조각배였다. 누가 그런 말을 만들었을까. 조각이라는 단어는 절묘해 보였다. 저 배가 조각이라면 전체는 어디에 있을까. 무슨 까닭으로 외따로 떨어져 조각이 되었을까. 규보는 방파제에 걸터앉아 그 배가 먼바다를 향해 나아가는 것을 조용히 지켜보았다.

라스팔마스는 없다

뱃고동 소리가 들려온다. 저편에서.

물에 앉아 있던 갈매기 한 마리가 날개를 펼친다. 태양은 저 너머로 기울었고, 이제 빠르게 어둠이 올 것이다. 바다의 시간은 육지의 것과 다르다. 여긴 도시의 조명이나 밤그림자, 재촉하는 발걸음은 없다. 외떨어진 바깥이다.

뱃머리 너머로 태양의 아지랑이 같은 게 보이더니 머리가 잠깐 핑 돈다. 속이 매캐하게 막히고 답답한 기분이 든다. 목에 먼지가 낀 듯 간지럽다. 간지럼이라면……. 손끝만 닿아도 자지러지던 아이였다. 긴 항해를 마치고 돌아오면 녀석은 성큼 자라 있었다. 자란 키만큼, 그 애의 그림자도 길어져 있었다. 그럴수록 슬픔이 밀려들었다. 반걸음이 한걸음으로 멀어지더니 더없이 넓은 바다가 사이에 들어섰다.

누군가 말을 건다. 배에 또 한 사람이 있다. 조강우가 여기에 있다. 그는 입술을 굳게 다물고, 카메라로 무언가를 찍고 있다. 강우는 깡깡이 예술마을에서 무슨 프로젝트를 진행 중이라고 했다. 기록이라던가, 기억이라던가. 해외의 예술경매업체에 작품이 팔려 이름을 날렸다는 것도 어디선가 들어 알고 있었다. 경매라 하면 어시장의 반장들이 내보이는 수화나 낙찰을 알리는 종소리 같은 게 떠오를 뿐이다. 그 말을 들은 강우가 폭소를 터트리기도 했다. 강우는 확실히 달라져 있었다. 나는 그 사실이 자랑스럽다. 섬에 남아 있던 조선소 골목이 예술마을로 탈바꿈할 줄은 상상도 하지 못했다. 가까스로 마을버스가 한 대 오가던 외진 동네는 명소로 거듭나는 중이었다. 그래도 깡깡이라 하면, 성주댁을 떠올릴 수밖에 없다. 성주댁이 늙어버린 나를 본다면…….

　지루하다. 강우가 하는 예술이라는 건 몇 가지 카메라 장비를 갑판 위에 펼쳐놓고 바다를 찍는 게 전부다.

　웬일인지 갈매기가 몰려들기 시작한다. 물 아래로 전갱이 떼가 지나가는 건지도 모른다. 날개를 접고 날쌔게 물로 뛰어드는 녀석들도 있다. 끼룩끼룩 하는 소리가 비웃는 것처럼 느껴진다. 그중 한 마리가 갑판 위에 놓아둔 가방에 흥미를 보인다. 가까이 다가오더니 이젠 끈을 부리로 휘감아 들어올릴 테세다. 서둘러 다가가서 다른 쪽 끈을 낚아챈다. 대범한 그 갈매기도 포기하지 않는다. 끈이 팽팽하게 당겨지며 지퍼가 조금씩 열린다. 결국 지퍼가 쩍 벌어져 안에 있는 것들이 쏟아져나온다. 종이 뭉치가 바람에 흩어지더니 날아가버린다.

　강우는 나를 향해 카메라를 들이민다. 날 찍어 뭘 할 건가. 예술가가 된 강우는 늙어 보인다. 미소가 처연하다. 뱃머리에 부딪힌 저물녘의 물결이 동심원을 그려

나간다. 조타실 내부 조명과 갑판 등을 켠다. 어둡게 있다 보면 통선이 지나가다가 부딪힐 수도 있다. 그러기에는 지나치게 멀리 나와버린 건지도 모른다.

　물살이 몰아치고 있다. 속도를 조금 낮춰도 좋을 것 같다. 창문을 닫고, 나침반을 확인한다. 남동 방향으로 나아가는 중이다. 레이더의 한가운데에 초록색 한 점이 빛나고 있다. 적어도 인근에는 암석이나 무인도는 없다. 주변은 온통 바다다. 단 하나의 점만이 전진하는 중이다. 그러나 이걸 정말 전진이라 불러도 되는가. 배는 언제나 레이더의 한가운데에 놓여 있으니, 제자리걸기를 하는 것만 같다. 레이더만 보고 있자면 여기가 남해 앞바다인지, 아프리카 서북쪽 카나리아 제도인지 알 수가 없다. 그러나 여기는 분명 바다다. 높아지는 물결과 그걸 쩔어대는 무성호의 뱃머리가 그 사실을 경고하고 있다.

　기어를 반대로 두고 속도를 줄여나간다. 무성호는 잘 길든 말처럼 손끝에 즉각 반응한다. 너무 오래 머물렀다가는 길을 잃을 수도 있다. 강우는 어두운 바다를 영상으로 담고 있다. 냄새나 소리가 지워진 어두운 바다다. 아무것도 보이지 않는다. 카메라에서 깜박이는 빨간 불빛만이 보일 뿐이다.

작업이 언제 끝날지는 알 수 없다. 이제 막 해가 졌으니, 먼바다로 나온 야간 낚싯배들이 보일지도 모른다. 낚시에 미친 인간들은 상종하지 말라던 우스갯소리가 떠오른다. 그 말은 누가 했었나. 이제는 흐려져 얼굴조차 기억나지 않는다.

그래도 시간이 지나면 바다는 마음을 바꾸고 자리로 돌아가. 해를 보드랍게 만지작거리거나 투명한 물빛을 내어놓으며 이리 들어오라 하는 거야. 바다에는 거북이가 살고, 소라가 살고, 가자미가 성게가 해파리가 살고……, 그리고 거기에 네 아버지가 있어.

성주댁의 얼굴이 희미하다.

지금이라도 병원에 입원하셔야 해요.

그 말을 한 건 규보다. 규보만이 오직 그 말을 할 수 있다.

수납장의 나무 쪽문을 열어본다. 한때는 그곳이 가득 찰 정도로 지폐 더미를 벌어들인 적도 있었다. 돈뿐만이 아니었다. 항구에서 구하기 힘든 술도 몇 병 있었다. 물건 보관을 부탁한 상인들이 선물 조로 두고 간 것들이었다. 반지나 시계가 들어간 적도 있었고, 씨앗 종자나 가루가 들어간 적도 있다. 지금은 술 몇 병과 해산물의 이름을 붙인 과자 몇 봉지가 들어 있을 뿐이다. 수납장 안쪽 끝에 검게 보이는 게 또 있다. 먼지에 뒤덮인 오래된 것들.

있다. 상자를 열어보니 권총 한 자루가 아직 있다. 작동되는 것이라고는 생각되지 않을 정도로 매끈한 곡선과 광택을 가지고선. 나는 꺼내어 손에 쥔다. 묵직하고 차가운 쇳덩어리가 한 손에 잡힌다.

그러나 한편으로 그런 건 없다. 어디에도 없다. 나는

단지 하모니카를 쥐고 있다. 은색 커버플레이트에 적혀 있는 이니셜을 바라본다. 녹섬에서 발견한 건 이 은색 하모니카다. 작은 새처럼 노래하던 경희 씨를 위해 충실히 연습하겠다고 다짐했는데. 함께 식당을 하며 지냈더라면 많은 것이 달라졌을까.

너 이 섬이 뭔지 아니?
누군가의 목소리가 들려온다.
거기가 어디라고 했습니까?
꿈에서 마주한 목소리다.

안개가 짙어져간다.
섬 그림자가 흐려지고 있다.

저 멀리 거대한 선박 하나가 하얀 안개를 찢고 나타나는 게 보인다.

37톤의 무성호보다 두 배, 아니 세 배는 더 커 보인다. 그 배는 물결에 맞추어 천천히 모습을 드러낸다. 배가 점점 가까이 다가오자, 마침내 드러난 이름을 바라본다. 카트리나는 밤을 두드리는 노크처럼 신중하게 무성호의 선체를 두드린다.

카트리나의 뱃머리를 올려다본다. 저인망 트롤선의 날렵한 외형과 갑판 위의 낡은 크레인과 우뚝 솟은 데 크하우스까지 그대로다. 바이킹의 배처럼 위용이 있다. 그 배가 틀림없다. 심장이 거칠게 뛰고 있다. 실로 이런 감정은 오랜만이다.

강우는 카메라를 놓지 않는다. 그 장면을 침착하게 촬영해나간다. 카메라에서는 작고 빨간 불빛이 규칙적으로 꺼졌다 켜지기를 반복한다. 그건 하나의 신호 같기도 하고, 경고 같기도 하다. 카메라 렌즈의 방향이 이쪽을 향한다. 빨간 불빛은 사라졌다가 다시 나타난다.

나는 작업복을 벗어두고 품이 넓은 갈색 코듀로이 재킷으로 갈아입는다.

출항을 알리는 크디큰 뱃고동 소리가 울려퍼진다. 귀청이 떨어져나갈 것 같은 우렁찬 소리. 정신이 확 깬다. 온몸에 전율이 인다. 그건 몸속 어딘가에 잠들어 있던 소리. 바다의 소리다.

주변을 둘러본다. 여전한 어둠이 있을 뿐이다. 빛이라고는 강우가 들고 있던 카메라에서 뿜어져나오는 빨간 불빛이……

배 위에는 아무도 없다. 원래부터 아무도 없었던 것처럼. 적막한 바다 위다.

카트리나로 향하는 밧줄을 올려다본다. 오래전 그날처럼.

가면 죽을 거다.
섬에서 불어온 바람이 여기에 남아 있다.

오래된 바람을 껴안아본다. 이번 항해에 목적지는 없다. 그러므로 나는 무성호를 돌아보지 않는다.

작별을 고할 시간.
자, 갑시다.

나는 카트리나에 올라탄다.

서서히 해무가 걷히고
비로소 첫 번째 항해다. ■

작가의 말

나의 이름은 라스팔마스에서 왔다. 에스파냐령 카나리아 제도의 항구도시 라스팔마스에서. 내가 태어나던 날, 아버지는 그곳에 있었다. 고국으로 돌아오기까지 1년이라는 계약 기간이 남아 있었다. 스페인으로 떠나기 전부터 이름을 지어 보내기로 약속한 터였다. 필체가 좋아 군에서도 수기를 담당했던 아버지는 이름을 썼다 지우며 밤을 지새웠을 것이다. 늦은밤, 기관실의 불을 켜고 옥편을 뒤져보았을지도 모른다. 점을 본다는 늙은 선원에게 쌈짓돈이라도 건넸을까. 아버지가 편지지에 꾹꾹 눌러쓴 그 이름은 라스팔마스 해안에서 스페인의 비고 항구로, 또다시 대양을 건너 부산의 섬 영도로 향했다. 이름이 어머니에게 도착하기까지 얼마나 많은 손을 타고 도장밥을 먹고 파도에 휩쓸렸을까. 이름이 제대로 와주어 다행이다.

귀향길의 아버지는 마드리드 구시가지에서 필름 카메라를 구입했다. 자신의 모습을 사진으로 기록해 내게 보여주기 위해서였다. 사진 속 아버지는 야자수 나무에 기대어 서서 허공을 바라보며 희미하게 웃고 있었다. 어느 날의 아버지는 해안가의 식당에 앉아서 꽤 진지하게도 텅 빈 자리를 응시한 채 사색에 잠겨 있었다. 다른 사진에서도 역시 아버지의 눈길은 렌즈에서 비켜나 있었다. 아버지는 무얼 보고 있었던 걸까.

긴 외항선 생활을 마친 아버지는 부산항을 오가는 유류선의 선장이 되었다. 나는 아버지의 배가 항만을 가로지르는 풍경 속에서 문학을 꿈꾸고 있었다. 그 시절, 아버지는 곧잘 나를 데리고 바다로 나갔다. 나는 배 위에서 200킬로그램짜리 드럼통을 굴리는 방법을 배웠고, 한낮의 태양이 얼마나 무자비한 존재인지, 밤바다는 또 얼마나 검고 두려운지를 알게 되었다. 물빛이 맑은 날에는 해파리 떼가 유유히 흘러가는 것을 볼 수 있었으며 또 어느 날에는 배 아래를 헤엄치는 거대한 생명체의 미끈한 실루엣에 소스라치게 놀라기도 했다.

어느 해, 항구에 정박해둔 우리 배는 태풍의 요란 속에서 밧줄이 풀려 잠시나마 자유를 만끽했다. 넘실넘실 둥실둥실. 배의 표정을 상상해보면 흐뭇한 기분이 든다. 그러나 항구를 빠져나가기까지는 여러 난관을 거쳐야 했는데, 결국 배가 들이받은 건 다리를 지탱하는 기둥이었다. 가출은 거기까지였다. 해경은 영도 다리에 뱃머리를 찧어대고 있는 유류선 한 척을 발견하고는 곧장 인양 작업에 착수했다. 더 큰 사고로 이어지지 않은 건 천만다행이었지만, 교량의 정비 비용과 선박의 수리 비용은 고스란히 아버지의 몫이 되었다. 그런 사정과는 별개로 거기에서 어떤 이야기가 시작될 것만 같은 예감이 드는 건 어쩔 도리가 없었다. 다리라는 문턱을 무사히 통과했다면 배는 어디로 흘러갈 작정이었을까. 어떤 선박이건 건조된 이후부터 폐선이 되기까지 단 한 번이라도 자유로이 바다를 노닐 수 있을까. 그게 어디 선박뿐이겠는가. 실상 바다란 문명의 속도에 맞추어 개척된 농경지라고도 할 수 있다. 그렇다면 마도로스라는 이름에 담긴 자유라는 상징성은 재고되어야 하는 근대적 이미지는 아닐는지. 물론 나는 진짜 마도로스인 아버지에게는 이런 이야기를 하지 못했다. 문학을 한다는 건 여러 모로 무용한 일이었고, 바로 그 지점 때문에 소설을 쓴다는 걸 고백하기가 약간은 두렵고 괴로운 날들이 이어졌다.

이 소설은 박사 논문 「해양 노마드 서사 창작 연구」의 대상 작품이다. 10여 년 전, 해양을 통해서 '노마드'라는 개념을 펼칠 수 있게 조언해준 함정임 소설가의 혜안이 없었다면 나는 이 소설을 시작하지도 못했을 것이다. 흔들리고 흐려질 때마다 용기를 준 스승께 깊은 감사를 드린다.

아버지를 인터뷰하는 과정은 쉽지 않았다. 원체 말수가 적은 아버지는 술이 들어가지 않는 이상 옛 기억을 떠올리기를 주저할 때가 많았다. 그렇다고 해서 아버지와 내가 만나는 족족 술을 마실 수도 없는 노릇이었다. 아버지의 삶을 대신 증명할 수 있는 유일한 사람은 어머니다. 많은 에피소드가 어머니의 증언을 내 나름으로 상상하고 번역한 결과이다. 그러므로 이 소설은 나 혼자 쓰지 않았다. 그 점이 나를 부끄럽게도, 당당하게도 만든다. 내 언어는 전부 어머니에게서 온 것, 무한한 존경과 사랑을 전하고 싶다.

　소설을 다듬는 동안에 딸이 태어났다. 이르게, 아프게, 그럼에도 불구하고 맑고 환하게 태어난 오유안 아기는 퇴고를 하는 동안 옹알이를 하고, 이유식을 먹고, 저 스스로 몸을 일으키다가 고꾸라지기를 반복하고 있다. 매일매일 새로운 경이를 함께 지켜보고 있는 아내에게 고마움을 전하고 싶다. 우리가 천변을 산책하며 지난밤에 읽었거나 쓴 소설을 나누고 저물녘의 긴 그림자를 따라서 집으로 돌아올 때마다 그 짧지만 긴 여정이 영원하면 좋겠다는 생각에 잠기곤 한다.

내가 소설을 발표하던 순간부터 지금까지 한결같은 어조로 격려해주고 계신 백가흠 소설가께도 머리 숙여 감사를 전하고 싶다. 흔쾌히 추천사를 써주신 마음을 잊지 않을 것이다. 마지막으로 김서해 편집자께, 그 섬세하고 다정한 온기로 이 작은 이야기가 책이라는 거대한 공간에 담길 수 있었다. 깊이 감사드린다.

어느 해에 아버지는 필름 카메라를 내게 물려주었다. 나는 작동법도 모르고, 무엇을 찍어야 하는지조차 잘 몰랐다. 곰팡이가 슬고, 부품이 부러지길 여러 번이었지만 나는 매번 목돈을 들여 카메라를 되살려냈다. 하루는 무작정 카메라를 들고 감천 앞바다로 나가보았다. 원양로 대로변의 냉동 창고 사이로 바다가 넘실대고 있었다. 나는 나와 같은 포즈로 뷰파인더에 눈을 맞추었을 40년 전의 아버지를 상상해보았다. 찰칵 하는 찰나, 아버지는 당신의 시절 속에서 여기, 당신의 미래를 바라보고 있었을까. 나는 두 손에 꽉 쥐고 있는 카메라 속 암실, 그 광활한 우주에서 이 소설이 시작되어야 한다는 걸 느꼈다. 내 아버지의 손가락이 셔터를 지그시 누를 때면 잠깐 나타났다가 이내 사라지는 환상의 자리를 소설을 통해서 채워넣고 싶었다.

어느 날의 나는 아버지의 사진 속에서 조금씩 비켜나 있던 시선의 비밀을 상상해본다. 어쩌면 그곳은 아버지가 돌아가고 싶은 곳, 좌표를 설정해두고 항해를 이어가고 싶은 곳, 광활한 바다의 혼돈 속에서도 정확히 찾아갈 수 있는 단 하나의 점, 이제 막 태어난 나와 어머니가 있는 작은 섬 영도. 아니다, 그곳은 아버지가 태어난 곳, 아버지의 어머니가 아파하며 한 생명을 낳았던 자리, 내 할머니의 뱃속, 출렁거리는 양수와 살 고름, 배꼽, 깊고 어두운 자궁에서 꽃이 피듯 터져나오는 아버지의 울음, 그 속, 바닷속. 내 아버지의 이름은 그곳에서 왔다.

2023년 가을
오성은

라스팔마스는 없다

1판 1쇄 발행 2023년 11월 27일

지은이 · 오성은
펴낸이 · 주연선

(주)은행나무
04035 서울특별시 마포구 양화로11길 54
전화 · 02)3143-0651~3 | 팩스 · 02)3143-0654
신고번호 · 제 1997—000168호(1997. 12. 12)
www.ehbook.co.kr
ehbook@ehbook.co.kr

ISBN 979-11-6737-369-4 (03810)

• 이 도서는 한국출판문화산업진흥원의 '2023년 우수출판콘텐츠 제작 지원' 사업 선정작입니다.